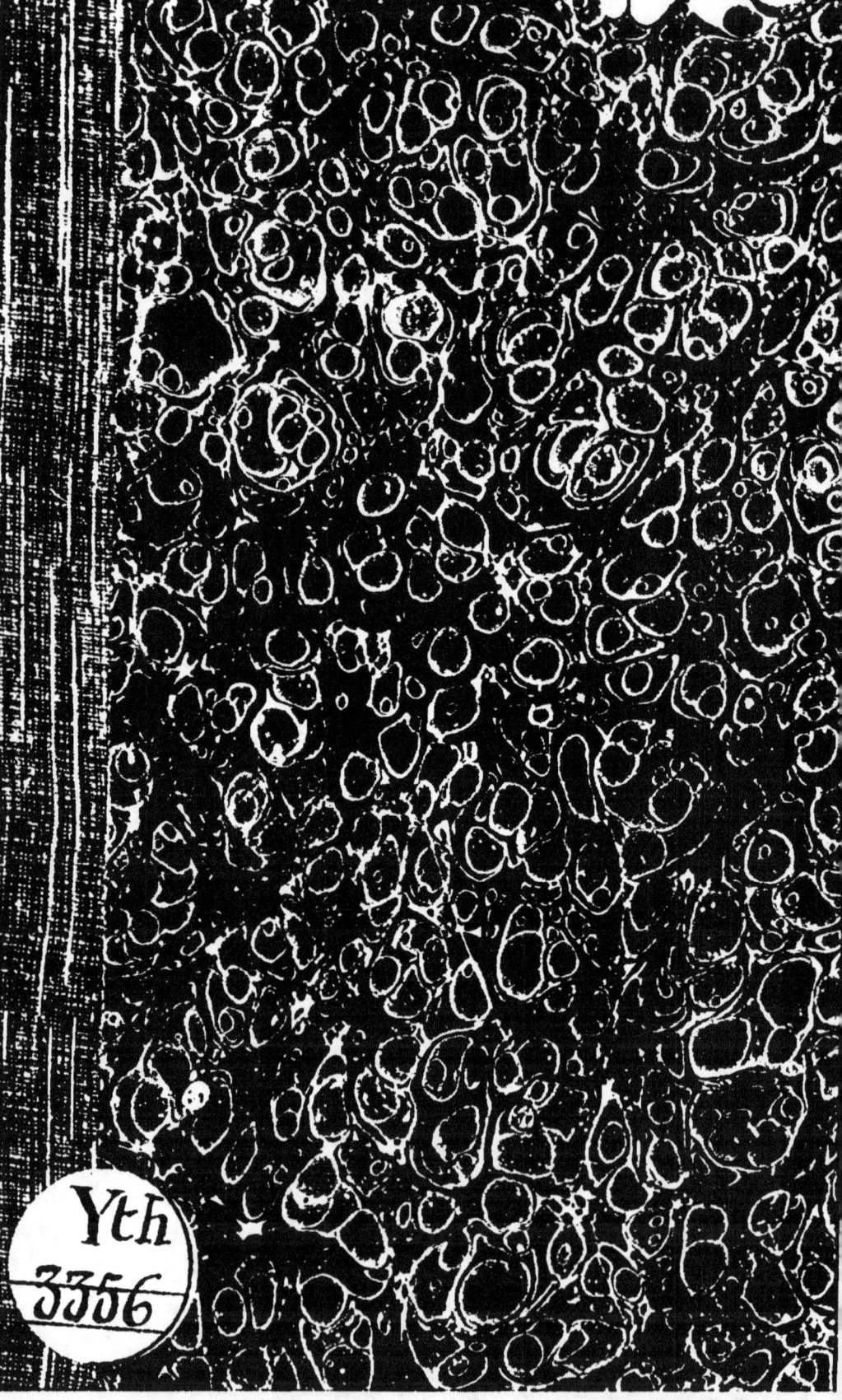

CHRISTINE DE SUÈDE,

Drame Historique

EN CINQ ACTES ET EN VERS,

PAR

M. L. BRAULT,

*Représenté, pour la première fois, sur le
Théâtre-Français, le 25 juin 1829.*

PRÉCÉDÉ
DE LA RELATION DE LA MORT DU MARQUIS DE MONALDESCHI,
ÉCRITE PAR LE P. LEBEL, SEUL TÉMOIN DE CETTE EXÉCUTION.

PARIS.

LEVAVASSEUR, LIBRAIRE-ÉDITEUR,
AU PALAIS-ROYAL
BARBA, GALERIE DE NEMOURS.

—

1829.

CHRISTINE DE SUÈDE,

Drame historique

EN CINQ ACTES ET EN VERS.

IMPRIMERIE DE A. BARBIER,
RUE DES MARAIS S.-G. N° 17.

CHRISTINE DE SUÈDE,

DRAME HISTORIQUE

EN CINQ ACTES ET EN VERS,

PAR

M. L. BRAULT.

REPRÉSENTÉ, POUR LA PREMIÈRE FOIS, SUR LE
THÉÂTRE FRANÇAIS, LE 25 JUIN 1829.

PRÉCÉDÉ

DE LA RELATION DE LA MORT DU MARQUIS DE MONALDESCHI,

Écrite par le P. Lebel, seul témoin de cette exécution.

Paris.

LEVAVASSEUR, LIBRAIRE AU PALAIS-ROYAL;

BARBA, GALERIE DE NEMOURS.

1829.

Les personnages sont placés par ordre, comme ils doivent l'être en scène, le premier à la droite de l'acteur.

Nota. Quoique le rôle de Christine ait été créé par madame Valmonzey, il appartient de droit au premier rôle de *Comédie*.

Monaldeschi doit être joué par un jeune premier rôle ou un fort jeune premier.

Le rôle de Sentinelli doit être donné à un jeune troisième rôle, et le rôle de Lebel au père noble.

J'ai été entouré de bienveillance et d'intérêt. J'ai contracté une dette envers plusieurs personnes : c'est un devoir, c'est un besoin pour moi de l'acquitter.

Le public a daigné accueillir avec une faveur marquée le premier et le dernier ouvrage dramatique d'un homme qui avait été à la fois un littérateur distingué, et un bon citoyen. C'est un hommage qu'il a rendu à la mémoire de mon père, c'est une fleur qu'il a jetée sur un tombeau; je l'en remercie avec un sentiment qui est plus que de la reconnaissance.

J'ai trouvé dans la Comédie Française ce zèle, cette activité, ces égards que tous les auteurs rencontrent en elle, mais qui, dans ma position, étaient plus empressés encore et avaient quelque chose de paternel.

Grâce à ce zèle, à cette activité, Christine de Suède a été montée en 15 jours, et la manière si remarquable dont elle a été représentée répond victorieusement aux allégations injustes, dont la Comédie Française est depuis quelque tems l'objet.

L'ouvrage a consacré des réputations déjà faites. Il a fourni à une actrice, le moyen de développer un talent dont mon père, seul peut-être, avait su comprendre la force et la portée. Madame Valmonzey a, dans le personnage long et difficile de Christine, réuni tous les suffrages. Noble et gracieuse, tragique au plus haut degré, elle a montré qu'elle pouvait passer sans effort des sentimens doux aux sentimens terribles, de la comédie à la tragédie.

M. David a saisi avec un rare bonheur les diverses nuances qu'offrait le rôle de Monaldeschi, il a fait preuve ici comme ailleurs d'une grande flexibilité de talent.

M. Joanny a bien voulu se charger du rôle de Sentinelli. C'est une marque d'amitié qu'il m'a donnée : le public s'est chargé de m'acquitter envers lui.

Mademoiselle Brocard a été pleine de grâce et de charme dans le rôle d'Ebba. Dans celui d'Arved, mademoiselle Despréaux a montré un talent qui fait plus que promettre.

Quant à Desmousseaux, le bon, le vieux camarade de mon père, je ne parlerai pas de la manière dont il a joué le père Lebel, (le public l'a déjà jugé), je le remercirai seulement de cette affection si franche, si loyale qu'il m'a vouée, et dont il n'a cessé de me donner des preuves.

Et ici je m'arrêterais, si je n'avais un devoir à remplir envers MM. Alex. Dumas et Léon Halevy; le premier qui a cédé à la Christine de mon père le tour de la sienne; le second qui, par respect pour la mémoire d'un homme qu'il avait estimé, a consenti à reculer de deux mois le succès que sa tragédie du Czar Démétrius ne peut manquer d'obtenir.

Leur conduite noble et franche m'a fait concevoir pour eux deux une estime et une amitié qui me sont précieuses.

Quant à Casimir Bonjour, le plus intime ami de mon père, qui, à son lit de mort, lui promettait de le remplacer près de Christine, qui le jura sur sa tombe non encore fermée; il a tenu dignement sa promesse, il a été fidèle à son serment.

Adolphe BRAULT.

RELATION

DE

La mort du Marquis de Monaldeschy,

ÉCRITE

PAR LE P. LEBEL,

MINISTRE DES MATHURINS DE FONTAINEBLEAU,

SEUL TÉMOIN DE CETTE EXÉCUTION.

(10 novembre 1657.)[1]

Environ ce tems-là (en mil six cent cinquante-
sept), la reine Christine de Suède, (elle avoit environ trente ans, et avoit abdiqué la couronne en
mil six cent cinquante-quatre) sans être souhaitée
et quasi malgré le roy, vint faire un second voyage
en France, qui ne lui réussit pas si bien que le
premier. Elle fut contrainte par l'ordre qu'elle en
reçût de s'arrêter à Fontainebleau (le trois octobre
mil six cent cinquante-sept) où elle s'ennuya beaucoup; car peu de personnes la furent visiter, et son
voyage sans précaution et sans sûreté d'être bien

[1] Extrait de la Description de Fontainebleau, par l'abbé Guilbert.

reçûë, eut la destinée des actions imprudentes...

Cette princesse ne se contenta pas de montrer qu'elle se laissoit aller à toutes ses fantaisies sans trop de réflexion, elle fit voir encore qu'elle avoit beaucoup de cruauté et qu'ainsi ses vices et ses défauts égaloient du moins ses vertus.

Jusqu'ici c'est madame de Motteville qui dépeint la conduite de cette reine, et le père Lebel rapporte ainsi l'assassinat.

Le sixième novembre mil six cent cinquante-sept, à neuf heures et un quart du matin, la reine de Suède étant à Fontainebleau, logée à la conciergerie du château, m'envoya querir par un de ses valets de pied. Il me dit qu'il avoit ordre de sa majesté de me mener parler à elle, en cas que je fusse le supérieur du couvent. Je lui répondis que je l'étois, et je lui dis que je m'en allois avec lui pour sçavoir la volonté de sa majesté Suédoise. Ainsi sans chercher de compagnon, de crainte de faire attendre cette reine, je suivis ce valet de pied jusqu'à l'anti-chambre. On m'y fit attendre un moment; à la fin ce valet de pied étant revenu, il me fit entrer dans la chambre de la reine de Suède. Je la trouvai seule, et lui ayant rendu mes respects et mes très-humbles soumissions, je lui demandai ce que sa majesté souhaitoit de moi son très-humble serviteur. Elle me dit que pour parler avec plus de liberté, j'eusse à la suivre, et étant entrée dans la ga-

lerie des Cerfs, elle me demanda si elle n'avoit jamais
parlé à moi. Je lui répondis que j'avois eu l'honneur de faire la révérence à sa majesté, et l'assurer
de mes très-humbles obéïssances, et qu'elle avoit eu
la bonté de m'en remercier, et non autre chose.
Sur quoi cette reine me dit que je portois un habit
qui l'obligeoit à se fier en moi, et me fit promettre
sous le sceau de la confession de garder et de tenir
le secret qu'elle me vouloit découvrir. Je fis réponse
à sa majesté qu'en matière de secret j'étois natu-
rellement aveugle et muet ; et que l'étant à l'égard
de toutes sortes de personnes, à plus forte raison
je devois l'être pour une princesse comme elle ; et
j'ajoûtai que l'écriture dit : qu'il est bon de tenir
caché le secret du roy. *Sacramentum regis abscon-
dere bonum est.*

Après cette réponse, elle me chargea d'un paquet
de papiers cachetés en trois endroits sans aucune
suscription, et me commanda de le lui rendre en
présence de qui elle me le demanderoit ; ce que je
promis à sa majesté Suédoise.

Elle me commanda ensuite de bien observer le
tems, le jour, l'heure et le lieu qu'elle me donnoit
ce paquet, et sans autre entretien je me retirai
avec ce paquet, et laissai cette reine dans la galerie.

Le samedi dixième jour du même mois de novembre à une heure après midi, la reine de Suède

m'envoya querir par un de ses valets de chambre, lequel m'ayant dit que sa majesté me demandoit, j'entrai dans un cabinet pour prendre le paquet dont elle m'avoit chargé, dans la pensée que j'eus, qu'elle m'envoyoit querir pour le lui rendre. Je suivis ce valet de chambre, lequel m'ayant mené par la porte du donjon, me fit entrer dans la galerie des Cerfs, et aussitôt que nous fûmes entrés, il ferma la porte avec tant d'empressement, que j'en fus un peu étonné. Ayant apperçû vers le milieu de la galerie la reine qui parloit à un de sa suite qu'on appeloit le marquis, (j'ai sçû depuis que c'étoit le marquis de Monaldeschy) je m'approchai de cette princesse. Après lui avoir fait la révérence, elle me demanda d'un ton de voix assez haut, en la présence de ce marquis et de trois autres hommes qui y étoient, le paquet qu'elle m'avoit confié. Deux des trois étoient éloignés de la reine de quatre pas, et le troisiéme assez près de sa majesté. Elle me parla en ces termes : *Mon père, rendez-moi le paquet que je vous ai donné.*

Je m'approchai et le lui présentai. Sa majesté l'ayant pris et considéré quelque tems, l'ouvrit, et prit les lettres et les écrits qui étoient dedans, elle les fit voir et lire à ce marquis, d'une voix grave et d'un port assuré, s'il les connoissoit bien. Ce marquis les dénia, mais en pâlissant. *Ne voulés-vous pas reconnoître ces lettres et ces écrits,* lui dit-elle, n'étant à

la vérité que des copies que cette reine elle-même
avoit transcrites. Sa majesté Suédoise ayant laissé
songer quelque tems le dit marquis sur ces copies,
elle tira de dessous elle les originaux, et les lui montrant, l'appela traitre, et lui fit avoüer son écriture
et son signe. Elle l'interrogea plusieurs fois; à quoi
ce marquis s'excusant, répondoit du mieux qu'il
pouvoit, rejettoit la faute sur diverses personnes.
Enfin il se jetta aux pieds de cette reine, lui demandant pardon, et en même temps les trois hommes qui étoient là présens, tirèrent leurs épées
hors du fourreau, et ne les remirent qu'après avoir
exécuté le marquis [1].

Il se releva, et tira cette reine à un coin de la galerie, et tantôt à un autre, la suppliant toûjours de
l'entendre, et de le recevoir dans ses excuses, sa
majesté ne lui dénia jamais rien, mais l'écouta avec
une grande patience, sans que jamais elle témoigna la moindre inportunité ni aucun signe de colere.

Aussitôt se tournant vers moi, lorsque ce marquis la pressoit le plus de l'écouter et de l'entendre :
Mon père, me dit-elle, *voyez et soyez témoin*,
s'approchant du marquis, appuyée sur un petit
bâton d'ébenne à poignée ronde, *que je ne presse
rien contre cet homme, et que je donne à ce traître
et à ce perfide tout le tems qu'il veut, et plus qu'il*

[1] Ils ne le frappèrent point encore.

n'en sçauroit désirer d'une personne offensée pour
se justifier s'il le peut.

Le marquis pressé par cette reine, lui donna
des papiers et deux ou trois petites clefs liées ensemble qu'il tira de sa poche, de laquelle il tomba
deux ou trois petites pièces d'argent; et après une
heure et plus de conference, ce marquis ne con-
tentant pas cette reine par ses réponses, sa majesté
s'approcha un peu de moi, et me dit d'une voix
assez élevée, mais grave et modérée : *Mon père,*
je me retire, et vous laisse cet homme, disposés-le
à mourir, et ayés soin de son âme. Quand cet arrêt
eût été prononcé contre moi, je n'aurois pas eu
plus de frayeur; et à ces mots ce marquis se jettant
à ses pieds et moi de même en lui demandant
pardon pour ce pauvre marquis. Elle me dit qu'elle
ne le pouvoit pas, et que ce traître étoit plus coupable et criminel que ceux qui sont condamnés à
la roüe; qu'il sçavoit bien qu'elle lui avoit com-
muniqué, comme à un fidéle sujet, ses affaires les
plus importantes, et ses plus secrètes pensées, outre
qu'elle ne lui vouloit point reprocher les biens qu'elle
lui avoit faits, qui excédoient ceux qu'elle eût pû
faire à un frère, l'ayant toùjours regardé comme
tel, et que sa conscience seule lui devoit servir de
bourreau. Après ces mots sa majesté se retirant,
le laissa avec ces trois qui avoient leurs épées nuës
dans le dessein d'achever cette exécution. Après

que cette reine fut sortie, le marquis se jetta à mes
pieds et me conjura avec instance d'aller après sa
majesté pour obtenir son pardon. Ces trois hommes
le pressoient de se confesser avec l'épée contre les
reins, sans pourtant le toucher; et moi avec la
larme à l'œil, je l'exhortois de demander pardon
à Dieu. Le chef des trois ' partit pour aller vers sa
majesté pour lui demander pardon, et implorer
sa miséricorde pour le pauvre marquis; mais re-
venant triste de ce que sa maîtresse lui avoit com-
mandé de le dépêcher, lui dit en pleurant : Marquis, songés à Dieu et à votre ame, il faut mourir.
A ces paroles comme hors de lui, ce marquis se
jetta une seconde fois à mes pieds, me conjurant
de retourner encore une fois vers la reine, pour
tenter la voye du pardon et de la grace; ce que je
fis, ayant trouvé seule sa majesté dans sa chambre
avec un visage serein et sans aucune émotion. Je
m'approchai d'elle, me laissant tomber à ses pieds
les larmes aux yeux, et les sanglots au cœur, je
la suppliai par les douleurs et les playes de Jésus-
Christ de faire miséricorde et grace à ce marquis.
Cette reine me témoigna être fâchée de ne me

' Madame de Motteville dit que c'étoit Sentinelli, capitaine de ses gardes
et frère d'un Sentinelli, favori de cette princesse, que Monaldeschy avoit
accusé faussement, et par jalousie, de beaucoup de crimes, et que personne
ne sçait sûrement. Elle ajoûte que cette reine se mocqua du criminel, de ce
qu'il avoit peur de la mort, et l'appella poltron, et qu'elle ordonna à cet
homme de l'obliger de se confesser en le blessant.

pouvoir accorder ma demande après la perfidie et
la cruauté que ce malheureux lui avoit voulu faire
endurer en sa personne, après quoi il ne devoit
jamais espérer de rémission, ni grace, et me dit
que l'on en avoit envoyé plusieurs sur la rouë, qui
ne l'avoient pas tant mérité que ce traître [1].

Voyant que je ne pouvois rien gagner par mes
prieres sur l'esprit de cette reine, je pris la liberté
de lui représenter qu'elle étoit dans la maison du
roy de France, et qu'elle prît bien garde à ce qu'elle
alloit faire exécuter, et si le roy le trouveroit bon.
Sur quoi Sa Majesté me fit réponse qu'elle avoit cette
justice en présence de l'autel, et qu'elle prenoit Dieu
à témoin si elle en vouloit à la personne de ce marquis, et si elle n'avoit pas déposé toute haine, ne s'en
prenant qu'à son crime et à sa trahison, qui n'auroit jamais de pareille, et qui touchoit tout le monde,
outre que le roy de France ne la logeoit pas dans
sa maison comme une captive réfugiée, qu'elle
étoit maîtresse de ses volontés, pour rendre et

---

[1] On a toujours cru que le grand crime de cet écuyer venoit de quelque
infidélité dans le commerce des galanteries, que l'on croyoit très-réel entre
cette reine et lui ; mais ne pourroit-on pas reprendre les choses de plus loin
et conclure des expressions de cette reine, que peut-être Monaldeschy avoit
eu part aux chagrins qui la déterminèrent à abdiquer la couronne, et qui
continuèrent depuis, et qu'elle n'en avoit été avertie que par la communi-
cation de ces lettres ; ou peut-être qu'il entretenoit des liaisons avec les ennemis de cette reine, et se servoit de la familiarité qu'il avoit avec elle pour
la rendre plus odieuse et tramer sa perte.

faire justice à ses domestiques en tout lieu et en tout temps, et qu'elle ne devoit répondre de ses actions qu'à Dieu seul, ajoûtant que ce qu'elle faisoit, n'étoit pas sans exemple; et quoique je repartisse à cette reine qu'il y avoit quelque différence; que si les roys avoient fait quelque chose de semblable, ç'avoit été chez eux, et non ailleurs. Mais je n'eus pas plutôt dit ces paroles que je m'en repentis, craignant d'avoir trop pressé cette reine. Partant je lui dis encore : Madame, dans l'honneur et l'estime que vous vous êtes acquise en France, et dans l'espérance que tous les bons François ont de votre négociation, je supplie très-humblement Votre Majesté d'éviter que cette action, quoiqu'à l'égard de Votre Majesté, Madame, elle soit de justice, ne passe néanmoins dans l'esprit des hommes pour violente et pour précipitée; faites encore plutôt un acte génereux et de miséricorde envers ce pauvre marquis, ou du moins mettés-le entre les mains de la justice du roy, et lui faites faire son procès dans les formes, vous en aurez toute la satisfaction, et vous conserverés, Madame, par ce moyen, le titre d'admirable[1] que vous portés en toutes vos actions parmi tous les hommes. *Quoi mon père, me dit*

[1] Cette reine, fille du grand Gustave, parut d'abord si digne de succeder à ce héros, que l'on regardoit avec plaisir son regne comme le triomphe des armes et des belles-lettres, et ses moindres entreprises comme dignes de toute l'admiration; ce qui lui fit donner le surnom d'admirable.

cette reine, moi en qui doit résider la justice ab-
soluë et souveraine sur mes sujets, me voir réduite
à solliciter contre un traître domestique, dont les
preuves de son crime et de sa perfidië sont en ma
puissance, écrits et signés de sa propre main. Il
est vrai, Madame, lui dis-je, mais Votre Majesté est
partie intéressée. Cette reine m'interrompit et me
dit : *Non, non, mon père, je le vais faire sçavoir au*
roy : retournés et ayés soin de son ame, je ne puis
en conscience accorder ce que vous me demandés,
et ainsi me renvoya. Mais je connus à ce changement de voix en ces dernières paroles, que si cette
reine eût pû différer l'action et changer de lieu,
qu'elle l'auroit fait indubitablement ; mais l'affaire
étoit trop avancée pour prendre une autre résolu-
tion, sans se mettre en danger de laisser échapper
ce marquis, et mettre sa propre vie au hasard.

Dans ces extrèmités je ne sçavois que faire, ni
à quoi me résoudre ; de sortir je ne pouvois, et quand
je l'aurois pû, je me voyois engagé par un devoir
de charité et de conscience à secourir ce marquis
pour le disposer à bien mourir. Je rentrai donc
dans la galerie, et embrassant ce pauvre malheureux qui se baignoit en larmes, je l'exhortois dans
les meilleurs termes et les plus pressans qu'il me
fut possible et qu'il plut à Dieu de m'inspirer, de
se résoudre à la mort, et songer à sa conscience;
puisqu'il n'y avoit plus dans ce monde d'espérance

de vie pour lui, et qu'offrant et souffrant sa mort pour la justice, il devoit en Dieu seul jetter ses espérances pour l'éternité, où il trouvera ses consolations.

A cette triste nouvelle, après avoir poussé deux ou trois grands cris, il se mit à genoux à mes pieds, m'étant assis sur un des bancs de la galerie, et commença sa confession; mais l'ayant bien avancée, il se leva deux fois et s'écrioit. Au même instant je lui fis faire des actes de foy, renonçant à toutes pensées contraires. Il acheva sa confession en latin, françois et italien, ainsi qu'il le pouvoit mieux expliquer dans le trouble où il étoit. L'aumônier de cette reine arriva comme je l'interrogeois en l'éclaircissement d'un doute, et ce marquis l'ayant apperçù, sans attendre l'absolution, alla à lui, espérant grace de sa faveur. Ils parlèrent bas assez long-tems ensemble, se tenant les mains et retirés en un coin. Et après leur conférence finie, l'aumônier sortit, et emmena avec lui le chef des trois commis pour cette exécution, et peu après l'aumônier étant demeuré dehors, l'autre revint seul, et lui dit : Marquis, demande pardon à Dieu; car sans plus attendre il faut mourir. Es-tu confessé ? et lui disant ces paroles, le pressa contre la muraille du bout de la galerie où est la peinture de Saint-Germain-en-Laye, et je ne pus si bien me détourner, que je ne vis qu'il lui porta un coup dans l'estomach du côté droit, et ce marquis le voulant parer, prit l'épée de la main droite, dont l'autre en la retirant, lui coupa trois doigts, et l'épée demeura faussée; et pour lors il dit à un autre qu'il étoit armé dessous, comme en effet il avoit une cotte de maille qui pésait neuf à dix livres [1], et le même à l'instant redoubla le coup dans le visage, après lequel ce marquis cria, mon père, mon père, je m'approchai de lui, et les autres se retirèrent un peu à quartier, et un genoux en terre demanda pardon à Dieu, et me dit encore quelque chose où je lui donnai l'absolution, avec la pénitence de souffrir la mort pour ses péchés, pardonnant à tous ceux qui le faisoient mourir; laquelle reçûe, il se jetta sur le carreau, et en tombant, un autre lui donna un coup sur le haut de la tête qui lui emporta des os; et étant étendu sur le ventre, faisoit signe, et marquoit qu'on lui coupât le col, et le même lui donna deux ou trois coups sur le col sans lui faire grand mal, parce que la cotte de maille qui était montée avec le collet du pourpoint para et empêcha l'excès du coup; cependant je l'exhortais de se souvenir de Dieu, et d'endurer avec patience, et autres choses semblables. En ce tems-là le chef me vint demander s'il ne le feroit pas achever; je le rembarai rudement et lui dis

---

[1] La cotte de maille et l'épée de Monaldeschy sont dans un cabinet d'antiques et de curiosités des pères Mathurins.

que je n'avois point de conseil à lui donner là-
dessus; que je demandois sa vie, et non pas sa
mort. Sur quoi il me demanda pardon, et confessa
avoir eu tort de m'avoir fait une telle demande.

Sur ce discours le pauvre marquis qui n'atten-
doit qu'un dernier coup [1] entendit ouvrir la porte
de la galerie, reprenant courage, se retourna, et
ayant vû que c'étoit l'aumônier qui entroit, se traîna
du mieux qu'il pût, s'appuyant contre le lambri
de la galerie, demanda à parler à lui. L'aumônier
passa à la main gauche de ce marquis, moi étant
à la droite, et le marquis se tournant vers l'aumônier, et joignant les mains, lui dit quelque chose
comme se confessant, et après l'aumônier lui dit
de demander pardon à Dieu, et après m'avoir demandé permission, il lui donna l'absolution, ensuite
il se retira, me disant de demeurer auprès du marquis, et qu'il s'en alloit voir la reine de Suède. En
même temps celui qui avoit frappé sur le col du
dit marquis, et qui étoit avec l'aumônier à sa gauche, lui perça la gorge d'une épée assez longue et
étroite, duquel coup le marquis tomba sur le côté
droit, et ne parla plus; mais demeura plus d'un
quart d'heure à respirer, durant lequel je lui criois

[1] Toute la cour, dit madame de Motteville, se moqua du pauvre mort,
qui avoit bien sçû prendre la précaution inutile de se garnir d'une cotte de
maille, et n'avoit pas eu assez de courage pour se défendre ou se sauver. Il
falloit en effet que cette reine le connût bien.

et l'exhortois du mieux qu'il m'étoit possible. Et
ainsi, ce marquis ayant perdu son sang, finit sa vie
à trois heures trois quarts après midi. Je lui dis le *De
profundis*, avec l'oraison ; et après le chef des trois
lui remua une jambe et un bras, déboutonna son
haut-de-chausse et son calçon, foüilla dans son
gousset, et ne trouva rien, sinon en sa poche un
petit livre d'heures de la vierge et un petit couteau.
Ils s'en allèrent tous trois et moi après, pour recevoir les ordres de sa majesté. Cette reine assurée de
la mort dudit marquis, témoigna du regret d'avoir
été obligée de faire faire cette exécution en la personne de ce marquis; [1] mais qu'il étoit de la justice
de le faire pour son crime et sa trahison, et qu'elle
prioit Dieu de lui pardonner. Elle me commanda
d'avoir soin de le faire enlever de là et de l'enterrer,
et me dit qu'elle vouloit faire dire plusieurs messes
pour le repos de son âme. Je fis faire une bierre,
et le fis mettre dans un tombreau à cause de la
brune, de la pesanteur et du mauvais chemin, et le
fis conduire à la paroisse d'Avon par mon vicaire et

---

[1] Toute la cour, dit encore madame de Motteville, eut horreur d'une
telle vengeance, et ceux qui avoient estimé cette reine, furent honteux de
lui avoir donné des loüanges, et on la laissa long-tems à Fontainebleau
pour lui montrer, continuë cette historienne, le mépris qu'on avoit pour elle.

Cependant des particuliers qui avoient vû cette reine à Fontainebleau,
ont assuré que le roi Louis XIV y étoit venu peu de jours après *incognito*,
qu'il avoit parlé à cette reine, et qu'elle étoit partie presque aussi-tôt pour
Rome ; ce qui fit croire que c'étoit la vraye cause de sa sortie du royaume.

chapelain, assistés de trois hommes, avec ordre de l'enterrer dans l'église près du bénitier; ce qui fut fait et exécuté à cinq heures trois quarts du soir.

Le lundi douzième jour de novembre, cette reine envoya cent livres par deux de ses valets-de-chambre, au couvent, pour prier Dieu pour le repos de l'ame dudit marquis; duquel mardi treizième dudit mois, on publia le service par le son des cloches, qui fut célébré le mercredi quatorzième, avec toute la solemnité et la dévotion, dans l'église paroissiale d'Avon, où ce marquis est enterré, et continuâmes un *credo* et les messes que cette reine avoit donné ordre de dire, pour supplier la bonté divine qu'il lui plaise mettre l'ame de ce pauvre défunt dans son paradis.

CHRISTINE DE SUÈDE,

DRAME HISTORIQUE EN CINQ ACTES ET EN VERS.

PERSONNAGES.

CHRISTINE, reine de Suède, après son
abdication.................... Mme VALMONZEY.

MONALDESCHI (le marquis), grand-
écuyer de Christine.......... M. DAVID.

SENTINELLI (le comte), capitaine des
gardes de Christine.......... M. JOANNY.

EBBA (la comtesse), fille-d'honneur et
amie de Christine........... Mlle BROCARD.

LEBEL (le père), prieur des Mathurins
de Fontainebleau............ M. DESMOUSSEAUX.

ARVED, jeune suédois, page de Christine...................... Mlle DESPRÉAUX.

LE GOUVERNEUR du château de Fontainebleau................. M. DUMILATRE.

GUELTER (Suisse), premier } trabans de } M. CASANEUVE.
THADEO (Corse), second } la garde. } M. BOUCHET.
LANDINI (Romain), troisième } M. DELAFOSSE.

Femmes de la reine.
Officiers et suite de la reine.
Officiers et suite du gouverneur.
Trabans de la garde de la reine.
Gardes du château et de la forêt.

La scène est au château de Fontainebleau.

L'époque est celle du second voyage de Christine en France.

1657.

CHRISTINE DE SUÈDE,

DRAME HISTORIQUE.

ACTE PREMIER.

Le théâtre représente un salon d'honneur où aboutissent plusieurs autres pièces, et notamment l'appartement occupé par la reine. Une porte dérobée.

SCÈNE I.

MONALDESCHI, ARVED arrêté par Monaldeschi.

MONALDESCHI.

Arved, répondez-moi. Vous allez?...

ARVED.

Chez la reine.

MONALDESCHI.

Chez la reine!... A cette heure où notre aspect la gêne,
Quand de la seule Ebba l'œil a droit de la voir?
Qui peut donc vous conduire à ses pieds?

ARVED.

Mon devoir!

MONALDESCHI.

Et ce devoir nouveau ne puis-je le connaître?

ARVED

Non ! Je dois le cacher.

MONALDESCHI.

Arved, à votre maître ?

ARVED.

A tous !... Je l'ai promis.

MONALDESCHI.

Avez-vous oublié

Qu'à tous mes intérêts l'honneur vous a lié,

Que je fus le tuteur, l'ami de votre enfance ?

ARVED.

Je m'en souviens toujours avec reconnaissance !

MONALDESCHI.

Eh bien n'hésitez plus. Confiez à ma foi

Ce secret...

ARVED.

Je ne puis : car il n'est pas à moi.

MONALDESCHI.

J'entends...

ARVED.

Veuillez...

MONALDESCHI.

Arved, durant un long passage,

Vous ferez de la cour l'amer apprentissage.

On y voit des ingrats et vous en connaissez.

ARVED.

Ah ! monsieur, est-ce à moi que vous vous adressez ?

Je serais un ingrat ? Envers vous ?

MONALDESCHI.

Non, sans doute.

Non! Mais il en est un que ma haine redoute.

ARVED.

Qui?

MONALDESCHI.

Cet Italien que tu n'as pas connu.
Pour lui long-temps la reine eut le cœur prévenu.
D'un zèle insidieux, chaque jour, son adresse
Enveloppait l'esprit de ma noble maîtresse;
Je voyais à ses pieds la foule s'empresser,
J'ai démasqué le traître et je l'ai fait chasser.
Il en veut à ma vie, il machine!...

ARVED.

Il s'abuse!

Votre faveur...

MONALDESCHI.

Tout passe!

ARVED,

Et le bonheur...

MONALDESCHI.

Tout s'use!

ARVED.

Vous êtes sûr de vous.

MONALDESCHI.

Non! j'ai tout à prévoir.
Fière de ses ayeux, ivre de son pouvoir,
Plus reine que jamais, soupçonneuse, irascible,
Christine à ses flatteurs n'est que trop accessible;
Je dois les redouter et surveiller leurs pas.

ARVED.

Moi, je serais l'un d'eux?

MONALDESCHI.

Je ne le pense pas.

Après tout, sans effroi pour de perfides trames,
On peut voir se mêler un page avec des femmes.
C'est-là tout le secret; j'en veux juger ainsi;
Car je vous aime, Arved.

ARVED.

Et je vous aime aussi.

SCÈNE II.

MONALDESCHI, EBBA, ARVED.

EBBA, sortant de la chambre de la reine.

Arved!... On vous attend...

ARVED.

La reine me demande?

J'y cours.

(Il entre chez la reine.)

SCÈNE III.

MONALDESCHI, EBBA.

MONALDESCHI.

C'est vous, comtesse? Ah! ma surprise est grande.
Je ne m'attendais pas à cet heureux destin.
Quel sera donc le soir qu'annonce un tel matin?
C'est un jour fortuné qu'aujourd'hui j'envisage;
Une telle rencontre est d'un heureux présage.
Dieu soit loué!

EBBA.

Quel feu brille dans vos regards?

MONALDESCHI

Vous vous en étonnez?... Quand de si doux hasards

Nous rapprochent ainsi, loin des regards des autres,
Mon âme est dans mes yeux... Ne baissez point les vôtres.
Ah! laissez-moi jouir de l'heure où je vous voi :
Chacun de ces instans est un bonheur pour moi.

EBBA.

Ces momens sont bien courts...

MONALDESCHI.

Et plus rares encore.
O vous que je chéris; qu'ai-je dit? que j'adore,
Ma vie est de vous voir...

EBBA.

Je crois à votre amour.

MONALDESCHI.

Et vous le partagez?

EBBA.

Marquis...

MONALDESCHI.

Dans cette cour.
La gêne du devoir tient de la servitude.

EBBA.

Non! non! de tels pensers sont de l'ingratitude.
Notre tâche est aisée et nos devoirs sont doux;
La reine vous chérit...

MONALDESCHI

Ne parlons que de vous!
De vous! car il n'est rien que de vous je n'envie,
Les heures qu'on vous prend on les ôte à ma vie;
Ebba, vous désirer est l'emploi de mes jours ;
Je pense à vous sans cesse.... Et, vous, à moi?...

EBBA.

Toujours !

MONALDESCHI.

Ah! venez, mon Ebba!... (à part) Grand Dieu quelle contrainte!
(haut)
Laissez-moi votre main. Que cette douce étreinte
Vous atteste ma foi. Je ne suis point trompeur;
Je vous aime; je suis... Mais qu'avez-vous ?

EBBA.

J'ai peur.

MONALDESCHI.

De votre ami ?

EBBA.

Je crains...

MONALDESCHI.

Un aveu de sa bouche
Pourrait vous effrayer ?

EBBA.

Au contraire, il me touche,
Mais si l'on nous voyait...

MONALDESCHI.

En effet !

EBBA.

Dans ces lieux !
L'écho peut nous trahir et les murs ont des yeux ;
La reine attend... Adieu. (Elle va pour sortir.)

MONALDESCHI (la retenant.)

Comment ?

EBBA.

Je me retire.

MONALDESCHI.

Déjà !

EBBA.

J'aurais pourtant quelque chose à vous dire.

MONALDESCHI.

Quelque chose ?

EBBA.

Il s'agit d'objets bien importans.

MONALDESCHI.

Parlez donc.

EBBA.

Il faudrait du secret et du temps.

MONALDESCHI.

Eh bien, on peut trouver du temps et du mystère.
Il est dans ces jardins un bosquet solitaire,
A la chute du jour on pourrait s'y revoir.
Vous m'entendez...

EBBA, au moment de sortir.

Je fuis.... A ce soir...

SCÈNE IV.

MONALDESCHI, seul.

A ce soir !

L'amour est le plus fort et soumet l'innocence.
O nuit chère à mes vœux, j'invoque ta puissance.
Du ciel moins lentement descends en ma faveur !...
Cette vierge du nord, à l'œil doux et rêveur....
Je n'y résiste plus... Que d'éclat ! Qu'elle est belle !
Qu'elle est jeune !... Et savoir que je suis aimé d'elle !
Ce jour sera bien long !... Et j'ignore pourquoi
Dans mon impatience il entre un peu d'effroi.
Christine !.. Sous ses yeux !.. C'est plus qu'une imprudence.

C'est vouloir, à la fin, tenter la providence....
M'aurait-on aperçu?.... J'ai tant d'amis prudens,
Ils serviraient si bien la reine à mes dépens !
Elle devient chagrine, en prenant des années,
Et c'est entre ses mains que sont mes destinées.
En de nouveaux périls me voilà rejeté....
Mais aussi que de charme !... Ebba !... Tant de beauté !
Tant de jeunesse !... Allons ! On n'a rien sans courage...
N'ai-je pas mille fois tenu tête à l'orage ?
N'ai-je pas traversé des jours plus dangereux ?
Je sais la cour enfin; et puis, je suis heureux !

(On entend du bruit).

Mais renfermons en moi ces douces rêveries.
Le bruit de pas nombreux remplit ces galeries;
Déjà la foule approche, et dans Fontainebleau
Nous allons présenter l'ordinaire tableau :
Cette petite cour d'une grande est l'image ;
Chacun à la puissance apporte son hommage
Pour ce reste d'éclat qu'elle aime à départir :
Quand on est à la cour, on n'en peut plus sortir !

SCÈNE V.

CHRISTINE, EBBA, ARVED, MONALDESCHI,
femmes de suite.

CHRISTINE sortant de son cabinet, suivie d'Ebba, et de ses femmes et leur parlant, sans voir les autres personnes : Arved et Monaldeschi, placés sur le premier plan parmi la foule. (Avec douceur).

Il suffit... je le veux... que je sois obéie.

(Seule et descendant la scène un billet à la main).

Cet avis!... Est-il vrai?... Quoi; je serais trahie?

Est-ce dans mes projets ou dans mon amitié ?
Ah ! que ce nom de reine est digne de pitié.

(Elle lit bas d'abord , puis elle poursuit à demi-voix.)

Relisons.... « La prudence est surtout nécessaire.
» J'ai reçu le serment de mon jeune émissaire.
» Son dévoûment pour vous a motivé mon choix.
» Il n'a point balancé... » (Haut.) C'est un cœur Suédois !

(Continuant.)

«Ordonnez qu'en secret il puisse m'introduire ,
» Et vous serez instruite...» Oui, qu'il vienne m'instruire !
Arved le conduira jusques dans ce séjour...

(Se retournant vers sa cour.

Un inconnu ?... Qu'importe ? Il parlera !... Bonjour !

(A Monaldeschi.)

Bonjour, Marquis.

MONALDESCHI , s'inclinant.

Madame...

CHRISTINE , à Arved.

Arved, de votre zèle
Je saurai conserver un souvenir fidèle.
Soyez fidèle aussi.

ARVED , s'inclinant.

Madame...

CHRISTINE , à Ebba.

Ebba, tes yeux
Cherchent en vain, ici, le bandeau glorieux
Dont ta main sur mon front nouait le diadême.

(A tous trois.)

Mes amis, grace à vous, sans ce royal emblème
Ne puis-je encor paraître avec un peu d'honneur ?
Venez ! Entourez-moi !

SCÈNE VI.

LES MÊMES, GUELTER, à la tête des Trabans.

GUELTER, annonçant.

Monsieur le Gouverneur!

CHRISTINE, à Monaldeschi.

Dans l'asile pompeux que son roi nous ménage
Introduisez, Marquis, ce noble personnage.
(Avec le ton d'une douce raillerie.)
Qu'il s'approche avec vous du trône où je m'assieds.
(Elle s'assied sur un fauteuil.)

SCÈNE VII.

LES MÊMES, LE GOUVERNEUR et sa suite.

LE GOUVERNEUR.

Madame, avec respect je viens mettre à vos pieds
Le plus humble tribut des sentimens qu'inspire
Le nom que vous portez et que l'Europe admire.
Soyez la bien-venue au lieu jadis chéri
Par le noble François et par le bon Henri.
J'arrive de la cour, qui vous attend, Madame,
De Paris où le goût vous nomme et vous réclame,
Pour venir, en ces lieux, consulter vos désirs,
Songer à vos besoins, veiller à vos plaisirs.
Le ministre du Roi prétend que j'environne
Un front, qui méritait et porta la couronne,
Des soins les plus pressans et les plus assidus,
Et de tous les égards, enfin, qui vous sont dûs.

Ce palais est à vous, régnez-y sans contrainte ;
Tout vous obéira dans sa royale enceinte ;
C'est un devoir pour moi d'en donner le signal
Et ce que m'a prescrit l'ordre du Cardinal.

CHRISTINE.

Monsieur, je suis contente, et de sa prévenance
Je tiendrai, quelque jour, compte à son éminence ;
Mais j'aime à voir en vous dans ce court entretien,
(Avec fierté).
L'envoyé de la France et du Roi Très-Chrétien.

LE GOUVERNEUR avec embarras.

Oui, madame !... Oui... Le Roi.

CHRISTINE interrompant.

Dès ses jeunes années,
Mes regards sur son front ont lu ses destinées,
Et parmi les soupirs de ses premiers amours,
J'ai d'un règne éclatant présagé le long cours.
Heureuse autant que vous d'une telle espérance,
Pour la seconde fois, je visite la France.
J'ai vu, monsieur, j'ai vu, je veux revoir encor
Cette aimable gaîté si franche en son essor.
Qui, sur le sol gaulois fleurissant plus à l'aise,
Est plus aimable encore et paraît plus française ;
J'ai vu, je veux revoir l'orgueil de vos palais,
Votre cour, ses plaisirs, vos danses, vos ballets,
Vos brillans carrousels et ces joûtes royales
Qui vont bientôt renaître aux pompes nuptiales ;
La France abonde en fils légers et courageux ;
L'image des combats se mêle à tous leurs jeux,
Et charme le repos qui succède aux conquêtes.
La France est le pays de la gloire et des fêtes.

LE GOUVERNEUR.

C'est le vôtre, madame !... A d'augustes regards,
Jaloux de plaire aussi, la science et les arts
Vous offriront encor de plus hautes merveilles.

CHRISTINE.

Qui le sait mieux que moi ? Je connais vos Corneilles,
Descartes m'est connu. Ce sublime insensé,
Pascal, à moi sans fruit ne s'est point adressé ;
J'ai su tous vos travaux, lu toutes vos histoires,
Je ne suis étrangère à nulle de vos gloires.
Ah ! ne l'oublions point : agité par le vent,
Le drapeau suédois a flotté bien souvent
A côté des drapeaux que Condé, que Turenne,
Ont mené sur le Rhin contre l'aigle germaine,
Notre sang s'est mêlé dans un commun effort ;
Les Suédois, monsieur, sont les Français du Nord ;
Et, sous votre beau ciel la fille des Gustaves
A quelque droit à l'air que respirent les braves.

LE GOUVERNEUR.

Madame, c'est à nous d'en être glorieux.
Nous savons ce qu'on doit à vingt rois vos ayeux ;
Mais vos seules vertus...

CHRISTINE interrompant.

Arrêtez, je vous prie.

LE GOUVERNEUR.

Cet immortel éclat...

CHRISTINE.

Non ! Point de flatterie !

(Se levant avec politesse.)

Nous vous verrons, monsieur.

LE GOUVERNEUR s'inclinant.

Madame!...

CHRISTINE avec grâce.

Adieu!...

Le Gouverneur sort.

SCÈNE VIII.

LES MÊMES, moins le GOUVERNEUR.

CHRISTINE, à tout le monde.

Sortez!

Reste ici, chère Ebba!... Monaldeschi, restez.

SCÈNE IX.

CHRISTINE, MONALDESCHI, EBBA.

CHRISTINE.

Vous le voyez, la France accueille votre reine,
Elle retrouve en nous la splendeur souveraine,
Dont l'éclat sur ce front ne s'est point avili,
Et de Christine encor l'astre n'a point pâli.
Mes titres sont vivans à la publique estime.
D'un orgueil plus qu'humain, volontaire victime,
Et du fardeau royal, débarrassant mes jours,
J'ai gardé le pouvoir, qui me suivra toujours,
Cette mâle vigueur que je tiens d'un grand homme.
Si mon père autrefois fut la terreur de Rome,
S'il troubla le sommeil du pontife alarmé,
Ce fut la foudre en main : moi, le bras désarmé,
Au pied du Vatican, sous le stylet barbare

A fléchir devant moi, j'ai forcé la thiare.

MONALDESCHI.

Ah! vos pieds ont ouvert un périlleux chemin,
J'en ai frémi, madame...

CHRISTINE.

                  Oui! vous êtes Romain,
Vous voyez un sénat dans le sacré collège;
Mais nul de m'imposer, n'aura le privilège,
Ma liberté me reste : on la respectera!
J'ai vu tout le midi; le nord me reverra.
Je fais plus, Labenski; mon premier secrétaire,
Aborde, par mon ordre, aux champs de l'Angleterre;
Albion obéit à son lord protecteur,
Et ma parole arrive à ce fier novateur,
Soldat de qui la main franchement déloyale
A fait rouler naguère une tête royale,
Il a su conquérir et garder le pouvoir;
C'est un homme : je puis, je veux aller le voir.

EBBA.

Ah! n'allons pas, madame, affronter sa colère!
Les rois sont odieux à ce roi populaire.
La couronne a couvert votre front glorieux.

CHRISTINE.

Qu'importe ? mon aspect doit-il blesser ses yeux ?
Au trône paternel, Ebba, je fus placée;
Mais je l'ai quitté moi! je n'en fus point chassée.
Je n'ai point nom Stuart... A l'hospitalité
Ne puis-je être d'ailleurs de quelqu'utilité?
Ce prêtre, dont l'adresse et dont la prévoyance

Ont osé de Cromwel rechercher l'alliance,
Ce Jules Mazarin, chassé comme un enfant,
Revenu de l'exil, aujourd'hui triomphant
Sous les lys de la France, et la pourpre romaine,
A me flatter, ici, savez-vous qui l'amène?
A peine ressaisi de son autorité,
Sur le sol de la fronde inquiet, agité,
Il aspire à la paix, qui serait son asile,
Et s'apprête à l'hymen de son royal pupille.
Il sait ce qu'à la France il lui faudrait donner
Pour s'en faire obéir, comprendre et pardonner;
Que là git sa fortune, et que ses destinées
Ne peuvent s'accomplir qu'au pied des Pyrénées.
Il le sent. Mais il sait ce que veut mon secours,
Ce que peut mon crédit sur de superbes cours.
Voilà tout le secret des soins qu'on me destine,
Des honneurs qu'on me rend : ainsi votre Christine
N'a point de sa naissance abdiqué tous les droits,
Et porte encor sa main aussi loin que les rois.

MONALDESCHI.

Le ciel en soit loué, car je veux votre gloire.

EBBA.

Et moi votre bonheur.

CHRISTINE.

        Et c'est toi qu'il faut croire !
La gloire a ses ennuis... Oui, quel fut mon destin?
Mon berceau se rencontre au nord le plus lointain;
Je nais dans la grandeur léguée à ma famille,
Et de quel père encor Dieu m'a-t-il fait la fille !

2

Pardonnez, ô mon père, à ce noble regret !
Gustave-Adolphe mort, son trône est sans attrait ;
Après un tel héros que reste-t-il à faire ?
Puis-je le surpasser aux travaux de la guerre,
Ou mourir comme lui dans un autre Lutzen ?
Il m'eût fallu plier sous le joug de l'hymen,
Renfermer en ce cœur sa flamme et son audace,
Au nom de mes aïeux, m'immoler à leur race,
Et choisir, en payant le tribut de ma foi,
Un maître pour régner sur mon peuple et sur moi.
Non, jamais !... Tout à coup je me sens éclairée.
L'on ne me verra point, reine dégénérée,
Oublier le respect que je dois, à mon rang ;
J'ai fait mon sacrifice à moi-même à mon sang,
De mon père immortel j'ai regardé la cendre,
Et, pour m'élever mieux, enfin, j'ai su descendre.
Je suis toujours Christine !

MONALDESCHI.

Ah ! ce nom glorieux
Plane au-dessus des noms de vos premiers aïeux.
Qu'il est grand !

EBBA.

Adouci, paré de tant de charmes,
Jamais ce nom si beau n'a fait couler de larmes.

MONALDESCHI.

Au bout de l'univers je le vois proclamé.

EBBA.

Je le vois de plus près et je le vois aimé.

CHRISTINE.

Viens, toi, viens, mon Ebba, toi dont l'âme est si belle,
Viens ici dans mes bras, ma compagne fidèle,
Qui ne te doutes pas de ta propre beauté,
Viens. Ton loyal amour n'a-t-il pas tout quitté
Pour suivre de mes pas l'héroïque folie ?
Lève ces yeux chargés de leur mélancolie,
Mon caprice royal leur a coûté des pleurs.

EBBA.

J'ai pleuré, mais non pas sur mes propres douleurs.
Si j'ai blâmé parfois une fuite fatale,
J'exprimais les regrets de la terre natale.
Qu'ai-je à regretter, moi, de votre ancien pouvoir ?
Mes yeux n'ont point perdu le bonheur de vous voir.

CHRISTINE, à Monaldeschi.

Vous l'entendez, marquis, c'est Christine qu'elle aime !

MONALDESCHI.

Je vous en dois l'aveu, j'aime le diadème.

CHRISTINE.

Monaldeschi !

MONALDESCHI.

            Pardon, vous le portez toujours.
Dans Stokholm, autrefois, acceptant vos secours,
J'admirais cet éclat que vous jetez encore ;
Je vis un grand projet naître, germer, éclore ;
Il voulut mes conseils, il en fut secondé :
C'est moi qui vous soutins, c'est moi qui vous guidai,
Et qui montrai partout, sur notre long passage,
Un héros dans la reine, et dans la femme un sage.

De la froide Baltique et de son ciel obscur,
Je conduisis vos pas sous un ciel tout d'azur.
La foi vint. Je vous vis sous la double auréole,
Néophyte royal, monter au Capitole,
Et le pontife-roi, le maître des humains,
Étendit sur ce front ses paternelles mains.
Le laurier crût alors; en nos académies
Vous donnâtes la palme aux Muses vos amies,
Et par vous le talent y déploya son vol;
C'est ainsi que, perçant, que pénétrant le sol,
Votre gloire a jeté des racines profondes,
Son éclat désormais s'étend sur les deux mondes,
Et vous êtes partout, ainsi qu'à mes regards,
La reine des vertus, des talens et des arts.

CHRISTINE.

Flatteur!

MONALDESCHI.

Qui, moi? jamais!

CHRISTINE.

Monaldeschi; qu'importe?
Va! c'est aimer aussi que flatter de la sorte.
Il est de ces secrets qu'on aime à découvrir....
Et mon cœur à vous deux est heureux de s'ouvrir.
Ecoutez.... Si la reine eut soif de renommée,
Christine, cette femme, a besoin d'être aimée,
C'est son premier besoin. Mais, au fond d'un palais,
On trouve des flatteurs, ou l'on a des valets;
La langue de la cour à la fin importune,
Et ce dégoût, peut-être, à changer ma fortune

A-t-il contribué plus que je ne le croi ;
J'ai voulu qu'on m'aimât et qu'on m'aimât pour moi;
Peut-être, à mon insçu, j'ai payé d'un royaume
Ce vulgaire bonheur, dont jouit sous le chaume
Le mortel le plus humble et le plus malheureux,
D'avoir quelques amis et de compter sur eux.
J'en ai, sans doute....

MONALDESCHI.

Ici.

CHRISTINE.

Non point ailleurs ?

MONALDESCHI.

Madame,
Il n'appartient qu'à Dieu de lire au fond de l'âme,
Et de la foi d'autrui je ne saurais parler.

CHRISTINE.

Mais il est doux d'y croire et je m'y laisse aller.
Je le voudrais, du moins.... Tout ce que je souhaite
Ce sont des amis sûrs... et je suis inquiète.....
Les pensers de mon cœur, mes secrets on les sait.

EBBA.

Se peut-il ?

CHRISTINE.

Je l'apprends.... si l'on me trahissait !

MONALDESCHI.

Quoi? se peut-il trouver un homme assez infâme
Pour songer à vous nuire en lisant dans votre âme ?

CHRISTINE.

A ce doute cruel tout mon cœur obéit :
J'en frémis malgré moi.

MONALDESCHI.

>   Madame, on vous trahit.

Cela n'est que trop clair. Nommez, nommez le traître.
Il est en Italie, à Venise, peut-être ?
De vos bontés pour moi Sentinelli jaloux....

CHRISTINE.

Je n'ai parlé, Marquis, ni de lui ni de vous.
Avant de l'écouter je ne juge personne...
Mais, s'il existe un traître ; ainsi qu'on le soupçonne,
Que peut-il mériter ?

MONALDESCHI.

>   La mort ! et de ma main,..

EBBA.

Arrêtez ! Retenez ce langage inhumain !
Le dévoûment affreux d'un zèle aussi farouche
A-t-il bien pu, Marquis, sortir de votre bouche ?

CHRISTINE.

Laisse-le. Dans sa bouche il ne me déplait pas !
Repoussons, toutefois, ces rêves de trépas.
Sur un sujet si grave et de telle importance
Il est bon d'appeler le temps et la prudence ;
Nous en reparlerons... J'attends, ici, ce soir,
Trois illustres beautés, jalouses de me voir,
Mesdames de Brégis, Delasuze et de Ganges.
Je reçus autrefois leurs vœux et leurs louanges,
De leur noble amitié je leur dois bien le prix
Et veux leur rendre ici les plaisirs de Paris,
Dans ce hardi projet il faut qu'on me seconde.
Vous, qui prenez le soin de ma cour vagabonde,
Marquis, d'un bal joyeux ordonnez les apprêts,

N'épargnez rien. Allez !

SCÈNE X.

CHRISTINE, EBBA.

EBBA, se rapprochant avec intérêt de Christine, qui est retombée dans ses réflexions.

De vos ennuis secrets
Mon âme est, croyez-moi, profondément blessée,
Mais à de vrais amis ouvrez votre pensée.
Des monts de l'Italie avec vous descendu
Monaldeschi vous offre un service assidu ;
Pour vous, des lacs du nord et du champ de mes pères
Je me suis transportée aux rives étrangères ;
Il aime un tel destin et, moi, je le bénis.

CHRISTINE.

Il est vrai que vos cœurs près de moi réunis
De ma félicité se sont fait une étude.

EBBA.

Ne résistez donc plus à la douce habitude
De croire à ce bonheur si précieux pour nous ;
C'est le seul intérêt dont nous soyons jaloux.
Pour un soin si pressant même ardeur nous enflamme,
Nous ne formons plus qu'un et nous n'avons qu'une âme.

CHRISTINE.

Il faut donc à vous deux m'en fier aujourd'hui.

EBBA.

Il vous répond de moi ; je vous réponds de lui.

CHRISTINE.

Ebba, que ta parole a de charme et de grâce !

Je t'écoute et, déjà, tout mon ennui s'efface.
Le mal n'est point pour toi facile à concevoir.
Tu dois me rendre heureuse et remplis ce devoir,
Tu m'aimes.... Cependant une trame est ourdie.
Si nous étions atteints par quelque perfidie,
Il faudrait bien, Ebba, se soumettre à son sort....

A part, en s'en allant et avec un accent profond.

Mais qui trahit son maître a mérité la mort !

FIN DU PREMIER ACTE.

ACTE SECOND.

Même décoration qu'au premier acte.

SCÈNE I.

ARVED, SENTINELLI, enveloppé d'un manteau large et commun, à l'italienne; chapeau rabattu.

ARVED, *il entre avec précaution par la porte dérobée et introduit Sentinelli*

C'est ici.

SENTINELLI.

Bien!... Ce lieu doit rester solitaire.

ARVED.

J'ai l'ordre d'y veiller.

SENTINELLI.

Et vous saurez vous taire.

ARVED.

Ne l'ai-je pas promis?

SENTINELLI.

Jurez-le par la croix.

ARVED.

Vous avez ma parole!

SENTINELLI.

Il est vrai... Je vous crois...
Mais souvent dans l'abîme un seul mot nous entraîne.
Songez bien qu'il y va du bonheur de la reine,

De son bonheur, mon fils.

ARVED.

J'en suis persuadé ;
Et c'est à vous servir ce qui m'a décidé.

SENTINELLI.

Allez donc.

SCÈNE II.

SENTINELLI, seul.

Cet Arved me sert mieux qu'il ne pense !...
Marcher à découvert... Oh non... quelle imprudence !
De trop de passions j'ai dû me défier.
Jusqu'ici tout va bien... Sous ce manteau grossier,
Ma vengeance et mon nom se dérobent sans peine,
Ils s'y sont cachés même aux regards de la haine.
Monaldeschi m'a vu. Son œil fixé sur moi...
Ah ! je le lui rendrai ce court moment d'effroi....
Tout l'éclat dont Christine aujourd'hui l'environne,
Je l'avais, j'occupais et son cœur et son trône.
Il m'a tout ravi... tout... à ma place il est Roi,
L'infâme !... cette cour... où je dictais la loi,
Il m'en a fait chasser avec ignominie.
Frappé par son orgueil et par la calomnie,
Je me relève enfin ; je reviens irrité,
Mais fort de sa folie et de la vérité.
Je le tiens en ma main. Il est à moi. Qu'il tremble !
Cette cour ne peut plus nous contenir ensemble :
Il faudra que le sang décide entre nous deux.

(Il s'assied en face de l'appartement de la reine.)

On vient... non pas encor... C'est un coup hasardeux ;

Mais fier d'une faveur dès long-temps établie,
Lui-même il m'aidera. L'imprudent, il oublie
Que, pour les intérêts de plus d'un fol amour,
Il a trahi Christine, et qu'il est à sa cour.
Il est aimable; il plaît; sa vanité s'allume;
Il veut briller : alors il fait courir sa plume.
Comme il est infidèle il devient indiscret.
Écrire! L'insensé! Compter sur le secret!...
Ses lettres en vingt lieux follement égarées,
J'ai su les découvrir. L'or me les a livrées.

(Il serre les lettres.)

Les voilà... Je les tiens... J'agirai prudemment.
Cachons-les... Attendons... Que ne suis-je au moment...
L'affaire est délicate et veut qu'on la calcule...
Les faiblesses du cœur vont jusqu'au ridicule...
Christine est de son sexe. Elle croit aux sermens,
Et je viens m'attaquer à de vieux sentimens...
Qui sait de mon rival quel est encore l'empire?
Dans un premier transport, on pourrait tout lui dire,
Un regard, une larme, et je serais perdu.

(Se levant et avec détermination.)

Le coup, pour être sûr, doit être suspendu.
Soulevons lentement dans cette âme hautaine
Le dépit de la femme et l'orgueil de la Reine.
La voici... Du sang-froid.

SCÈNE III.

CHRISTINE, ARVED, SENTINELLI.

CHRISTINE, à Arved.

Je vais l'interroger.

Veillez, là-bas, Arved.

SCÈNE IV.

CHRISTINE, SENTINELLI.

CHRISTINE.

Vous êtes étranger ?

SENTINELLI.

Je suis Italien.

CHRISTINE.

D'où venez-vous ?

SENTINELLI.

De Rome.

CHRISTINE.

Qui vous amène ici ?

SENTINELLI.

L'espoir d'un honnête homme.

Je viens pour dessiller des yeux fermés long-temps.

CHRISTINE, vivement.

Sentinelli, c'est vous !

SENTINELLI.

C'est moi !

CHRISTINE.

Je vous attends ;

Mais pourquoi vous cacher ?

SENTINELLI.

N'en soyez point surprise.

J'ai poussé jusqu'à Rome ; on me croit à Venise ;

Il fallait déguiser mon retour imprévu,

Et je vous desservais, si quelqu'un m'avait vu.

CHRISTINE.

La raison ?

SENTINELLI.

Je rapporte au mal qui vous obsède
Les bienfaits d'une crise et, peut-être, un remède.

CHRISTINE.

Vous voulez m'éclairer ?

SENTINELLI.

Je le veux.

CHRISTINE.

Mais sur qui?

SENTINELLI.

Sur un faux serviteur.

CHRISTINE.

Quoi ? sur Monaldeschi ?

SENTINELLI.

Sur lui-même.

CHRISTINE.

Quel autre aurait assez d'audace
Pour oser, un moment, défier ma disgrace?
Parlez ! Parlez!

SENTINELLI.

Mes pas n'ont point été perdus.
J'ai vu tous vos secrets loin de vous répandus,
Et la malignité déjà les interprète;
On m'a dit que l'orgueil d'une plume indiscrète
A jeté trop de jour sur de nobles projets.

CHRISTINE.

Se peut-il !

SENTINELLI.

J'ai senti que je vous affligeais;
Mais je m'en suis trouvé le funeste courage.
Dois-je achever, Madame ?

CHRISTINE

Hé bien! à quel outrage
Faut-il m'attendre encore?

SENTINELLI.

Au plus audacieux!

CHRISTINE.

Quel est-il?

SENTINELLI.

Mais comment l'exprimer?

CHRISTINE.

Justes cieux!
Le cruel... Poursuivez.., Tout mon être en frissonne.
A quoi s'attaque-t-on?

SENTINELLI.

C'est à votre personne.

CHRISTINE.

A moi, Christine?

SENTINELLI.

A vous !

CHRISTINE.

Et que dit-on de moi?

SENTINELLI.

J'éprouve en y pensant une sorte d'effroi.

CHRISTINE.

Je veux tout savoir... Tout... Parlez, qui m'injurie?

SENTINELLI.

L'impertinent dédain, la froide raillerie,
Sous le joug d'un perfide, et toute à sa merci,
Jamais femme, jamais n'en fut traitée ainsi.

CHRISTINE.

Dites, dites ma honte et tous ses caractères.

SENTINELLI.

Madame, je ne puis... Il est certains mystères...

CHRISTINE avec force.

Comte, de tels complots doivent être avérés.

SENTINELLI.

Ils le sont.

CHRISTINE.

Ils le sont! Je veux voir...

SENTINELLI.

Vous verrez.

CHRISTINE.

S'il était vrai!... La mort... La mort la plus affreuse...

Changeant de ton.

Mais cette trahison infâme, ténébreuse,
Comte, en êtes-vous sûr? Parlez, point de détour;
Je veux des preuves, moi, plus claires que le jour.

SENTINELLI.

Je les ai; j'ai de quoi contenter votre envie,
Madame, et pour garant, je vous livre ma vie.

CHRISTINE.

Quoi! je serais l'objet de sa dérision!
Ah! j'en rougis de honte et de confusion.

SENTINELLI.

Cet outrage est sanglant.

CHRISTINE.

Et bien pénible à croire.

SENTINELLI.

C'est une indignité si profonde et si noire...

CHRISTINE.

C'est un crime!... Parlez!... Comment l'a-t-il commis?
En êtes-vous certain?... Il a des ennemis...

L'avez-vous vu?

SENTINELLI.

(à part.)   *(haut.)*

Pardon!... Que dirai-je! Madame...

(à part.)

Je l'avais bien prévu... C'est bien un cœur de femme.

(haut.)

Vous n'êtes pas contrainte à juger d'après moi...
Quelqu'indice, peut-être, a dirigé ma foi;
Je me suis convaincu. Le dire était ma tâche.
Accuser n'est souvent que le métier d'un lâche;
Mais aussi vos bienfaits ont passé mon espoir,
Je vous dénonce un fait et remplis un devoir.
D'un mot calomnieux je serais incapable :
Je hais votre écuyer, oui, mais il est coupable.

CHRISTINE.

Vous croyez?

SENTINELLI.

J'en suis sûr. J'ai tout vu de mes yeux,
J'ai cent preuves en main de ce crime odieux.

CHRISTINE.

Eh bien, Sentinelli, je suis calme.

SENTINELLI.

A merveille!

CHRISTINE.

La force est dans mon cœur... Mais le soupçon y veille...
Il faut examiner.... Ainsi dans ses écrits
L'imprudent a versé tout le fiel du mépris?

SENTINELLI.

Oui !

CHRISTINE.

De sa propre main?

SENTINELLI.

De sa propre main !

CHRISTINE.

Traître !

Ces écrits malheureux ont circulé ?...

SENTINELLI.

Peut-être !

CHRISTINE.

Dévoiler mes bontés... Je sens bouillir mon sang.
Le lâche !

SENTINELLI, à part.

Qu'il m'est doux ce regard menaçant.

CHRISTINE.

Prouvez-moi le forfait et je ferai justice.

SENTINELLI.

(A part).   (Haut.)

Je la tiens.... Il faudra que le coup retentisse.
Cet homme a de l'honneur violé tous les droits ;
Il s'agit de venger la majesté des Rois.

CHRISTINE.

D'après l'événement nous saurons nous résoudre.

SENTINELLI.

Votre courroux devrait tomber comme la foudre.

CHRISTINE.

Le temps viendra....

SENTINELLI.

Madame, il est bon d'y songer,
Vous êtes en ces lieux sous l'œil de l'étranger.

CHRISTINE, avec fierté.

Je ne dois à ses lois aucune obéissance.

SENTINELLI.

Le coupable en pourrait invoquer la puissance.

3

Que de mon arrivée on répande le bruit,
Sur un signe il s'alarme, au moindre mot il fuit;
L'asile n'est pas loin, si quelqu'avis le frappe :
Un pied hors du palais, madame, il vous échappe.

CHRISTINE.

Pensez-vous ?... Je perdrais l'espoir de le punir ?

SENTINELLI.

Non, si dans l'ignorance on peut le maintenir;
Gardez bien que l'éclair n'annonce la tempête.
Pour moi, je suis venu vous apporter ma tête,
Me voilà, commandez que tout soit éclairci;
Mais je suis dans vos mains, qu'il y demeure aussi.

CHRISTINE.

C'est juste.

SENTINELLI.

          Et j'ai le droit de l'exiger... Madame,
Vous avez pu douter et ce doute est un blâme.
J'en dois être lavé.

CHRISTINE.

          Je le veux.

SENTINELLI.

          Aujourd'hui !
Retenez le marquis, voyez-le, parlez-lui.
Pour captiver un peu sa finesse étourdie,
Opposez quelque ruse à tant de perfidie;
Dominez votre cœur, donnez à votre voix
Ces tons qu'il a connus et l'accent d'autrefois.
Dans cette âme légère et toute à l'apparence,
Si vous savez flatter quelque haute espérance,
Il restera sans crainte échoué sur l'écueil :
Il n'est pas de trompeur plus puissant que l'orgueil.

CHRISTINE.

Allez ! comptez sur moi. Quelques momens encore,
Cachez votre arrivée et que ma cour l'ignore;
De retrouver leur chef mes gardes trop contens....

SENTINELLI.

Ils ne me reverront que lorsqu'il sera tems.

CHRISTINE, indiquant la porte dérobée.

Allez donc !.... Pour me voir, cette secrète issue
Vous offre un libre accès.

SCÈNE V.

CHRISTINE, seule.

Quelle intrigue est tissue !
Mais j'ai droit de chercher et confondre un pervers,
Tout se découvrira. J'aurai les yeux ouverts.

(Elle sonne).

SCÈNE VI.

EBBA, CHRISTINE, ARVED, FEMMES.

CHRISTINE.

Le grand écuyer !

(Arved sort.)

SCÈNE VII.

LES MÊMES, moins ARVED.

CHRISTINE, appercevant Ebba.

Viens, Ebba, je suis docile.
J'ai suivi ton conseil, et tu me vois tranquille.

EBBA.

Que j'aime dans vos yeux à retrouver la paix !

CHRISTINE.

Un peu de jour, enfin, perce un nuage épais,
Ne songeons qu'au plaisir.

EBBA.

Le moment en approche.

CHRISTINE.

J'entends. Je ne veux plus mériter de reproche,
J'abjure pour ton art d'injurieux dédains,
Et Christine aujourd'hui s'abandonne à tes mains.
Viens me parer...

EBBA, (avec joie.)

Madame !.. Ah ! que j'en ai de joie !

(Elle se retourne du côté des femmes.)

Préparez les rubis, l'or, la pourpre, la soie,
Et donnons plus d'éclat à tant de majesté.

(Les femmes sortent.)

CHRISTINE, (la regardant avec douceur.)

Il te suffira, toi, de ta seule beauté.
Ce discours te déplait, ton cœur souffre à l'entendre.
Finissons. Le marquis... Il se fait bien attendre.

EBBA.

Le voici.

SCÈNE VIII.

EBBA, MONALDESCHI, CHRISTINE.

CHRISTINE.

(A part.)   (Haut.)
Calmons-nous. J'ai désiré vous voir.

MONALDESCHI.

Avec empressement je remplis mon devoir.

CHRISTINE.

Tout est préparé ?

MONALDESCHI.

Tout, Madame, et j'aime à croire
Que ces lieux d'un tel jour garderont la mémoire.

CHRISTINE, (à part.)

D'un tel jour !

MONALDESCHI.

Vous parlez : à vos premiers désirs
On voit naître aussitôt la gloire ou les plaisirs.

CHRISTINE

Vous m'avez bien servie.

MONALDESCHI.

Oui, j'en ai l'assurance.
Tout sera magnifique et nouveau pour la France ;
Et, si mon plan secret n'en est pas admiré,
Christine et mon pays m'auront mal inspiré.

CHRISTINE.

Sur de pareils objets, je reste sans alarmes.

MONALDESCHI.

Vos fidèles Trabans ont déjà pris les armes.

CHRISTINE.

Déjà ?...

MONALDESCHI.

N'oublions rien d'une juste grandeur.
Vos serviteurs joyeux, rivalisant d'ardeur,
Moduleront ces airs dont l'heureuse Italie
De ses longs carnavals amuse la folie,
Et tandis que leurs chants rempliront ce séjour,
La nuit arrivera plus claire qu'un beau jour ;
De mille chapiteaux dessinant les couronnes,

Montant aux fûts légers de leurs mille colonnes,
La flamme emprisonnée en un léger cristal,
Imitera ces feux dont au pays natal,
Quelquefois, tout-à-coup, le Vatican s'embrâse ;
Que le peuple romain salue avec extase,
Et qui, lui révélant la Reine des cités,
Du prisme lumineux y versent les clartés.

CHRISTINE.

J'admire cette ardeur. Elle est toute romaine.

MONALDESCHI.

Je n'ai rien négligé.

CHRISTINE, à double sens.

Non! j'en suis bien certaine.
Toujours de me complaire on vous a vu jaloux...
Mais de tels soins, marquis, sont peu dignes de vous,
A s'élever plus haut votre esprit doit prétendre.

MONALDESCHI.

N'avez-vous pas fait voir qu'il est beau de descendre?

CHRISTINE, froidement.

Assez !

MONALDESCHI.

L'ai-je entendu? ne m'abusé-je pas?

EBBA.

On nous attend, Madame.

CHRISTINE, do même ton.

Allez, je suis vos pas.

EBBA, à Monaldeschi.

Qui peut jusqu'à ce point l'agiter?

MONALDESCHI, à Ebba.

Je l'ignore.

(à part.)

Je crains de le savoir...

EBBA, à Monaldeschi.

Dois-je le dire encore?

J'ai besoin de vous voir... plus que jamais...

MONALDESCHI, à Ebba.

Pourquoi?

La reine vous a-t-elle, ici, parlé de moi?

EBBA, à Monaldeschi.

Non !

MONALDESCHI, à Ebba.

Prenons garde, Ebba.

CHRISTINE, comme se parlant à elle-même.

Monaldeschi !

MONALDESCHI, avec empressement.

Madame.

CHRISTINE, du même ton.

Lui ! je m'y perds.

EBBA, à part.

Hélas ! quel trouble dans son âme.

MONALDESCHI, à Ebba.

Sortez, Ebba, sortez!... mais souvenez-vous-en.
Tantôt... sous le bosquet.

SCÈNE IX.

CHRISTINE, MONALDESCHI.

CHRISTINE.

Vous êtes courtisan.

MONALDESCHI.

La reine sait le nœud qui me fixe auprès d'elle.
Je suis un serviteur.

CHRISTINE.

Un serviteur fidèle...

N'est-il pas vrai ?

MONALDESCHI.

Madame, est-ce à vous d'en douter ?

CHRISTINE.

Vous êtes sûr de vous ?

MONALDESCHI.

Ah ! daignez m'écouter.

Je n'ai point de ma foi mérité ce salaire.

CHRISTINE, à double sens.

Non ! rien ne fut par vous dédaigné pour me plaire.

MONALDESCHI.

Ah ! madame, quel soin pourrait humilier
Celui qu'à votre sort vous avez pu lier,
Celui qui devançant les arrêts de l'histoire,
Comme de son ouvrage est fier de votre gloire ;
Qui, de votre bonheur également épris,
Veut l'assurer, madame, et n'importe à quel prix,
Et qui vous consacrant son bras avec son âme,
Aime à servir en vous et la reine et la femme ?

CHRISTINE.

Et c'est du fond du cœur que vous parlez ?

MONALDESCHI.

Grand Dieu !

A de pareils soupçons ai-je pu donner lieu ?...
Quelque souci vous presse... O madame, ô Christine !
Vous n'échapperez point à l'œil qui vous devine.
Non jamais ! votre cœur s'en flatterait en vain.
Quand je vois s'y répandre un funeste levain,
A l'univers entier j'en demanderais compte,
J'en accuse un méchant.

CHRISTINE.

Quel est-il ?

MONALDESCHI.

C'est le comte !

(La reine fait un mouvement.)

Lui-même... Oui maudit soit l'homme dont les complots
Sont venus de si loin troubler votre repos !
Car c'est lui, c'est bien lui dont l'implacable adresse
Anime contre moi mon auguste maîtresse,
Et qui, de vos chagrins habile à se saisir,
A les envenimer prend un malin plaisir.

(Nouveau mouvement de la reine.)

Mais de vos serviteurs l'inimitié vous gêne ;
Je le vois, je retiens les accens de ma haine,
Et de mon ennemi je vous tairai le nom.
Est-il à redouter ? Dois-je le craindre ?... Oh non !
Il n'a pas, comme moi, durant quatorze années,
Environné, suivi, réglé vos destinées ;
A tous vos sentimens il ne peut se mêler,
De tant de souvenirs si doux à rappeler,
Des plaisirs d'autrefois et des peines passées,
Il ne peut réjouir vos royales pensées ;
Moi, par tant de bonheur et de zèle et de foi,
Je suis à vous, madame, et vous êtes à moi.

CHRISTINE.

Je l'ai cru.

MONALDESCHI.

Se peut-il ?... Un semblable langage...

CHRISTINE.

Des nœuds les plus étroits souvent on se dégage !

MONALDESCHI, à part.

Que dit-elle ? Grand Dieu !... Je suis dans la stupeur.
J'ignore... Ebba, peut-être, ou le comte ?...

CHRISTINE, à part.

Il a peur.

MONALDESCHI, à part.

Que croire ?...

CHRISTINE, à part.

Un peu trop loin je me suis avancée.

MONALDESCHI.

Je cherche vainement quelle est votre pensée.

CHRISTINE, à part.

Prenons bien garde, il semble interroger mes yeux,
Le perfide y sait lire... afin de tromper mieux
Cet esprit défiant, il faut que je m'explique :
Parlons-lui de mes plans et de ma politique.
(haut.)
Marquis, approchez-vous ; vous allez tout savoir.
Je l'ai senti, mon nom m'impose un grand devoir.
J'ai de vastes projets. Écoutez-moi.

MONALDESCHI.

J'écoute.

CHRISTINE.

Vers le but où je tends, j'ai dessiné ma route.

MONALDESCHI.

C'est un mystère encore...

CHRISTINE.

Il faut qu'un tel dessein
Ne puisse qu'à coup sûr s'échapper de mon sein.

MONALDESCHI.

Craignez-vous?

CHRISTINE.

Pour résoudre un si hardi problème,
J'ai dû me défier de tous et de vous-même.

Un si grave intérêt veut un zélé affermi,
Et rien n'est dangereux autant qu'un faux ami.

MONALDESCHI.

M'accuseriez-vous ?

CHRISTINE.

Non... Vous concevez sans peine,
Qu'il me faille une foi ferme, stable, certaine,
Que les séductions ne puissent me ravir.

MONALDESCHI.

Mais la mienne...

CHRISTINE.

Eh bien ! soit. Voulez-vous me servir ?

MONALDESCHI.

Si je le veux, Madame... Aux dépens de ma vie.
Vos ordres ? commandez !

CHRISTINE.

Allez à Varsovie.

MONALDESCHI.

Varsovie !

CHRISTINE.

On observe, on m'apprend chaque jour
Les troubles de la Diète et l'effroi de la cour.
Le mal est à son comble. Il ne saurait décroître.
Là règne Casimir. Élevé pour le cloître, *
» Par les enfans d'Ignace, aux rois si dangereux,
» Il est ce qu'ils l'ont fait et n'est roi que pour eux,
» Sans doute il est humain et prie, il fait l'aumône,
» Mais c'est tout ce qu'il a de royal sur le trône,
Et jeté sur ce trône au sortir de l'autel,
Il porte comme un joug le sceptre fraternel.
Qu'est-ce qu'il sait ? Gémir des discordes hautaines

---

* Ces vers ont été retranchés par la censure à la deuxième représentation.

De tous ces Castellans, de tous ces capitaines,
De tous ces Palatins si jaloux de leurs droits,
Et si fiers de choisir et de juger leurs rois.
Il faut là pour le sceptre un cœur fait aux alarmes,
Une main toujours prête à recourir aux armes ;
Il faut à ces magnats d'un peuple belliqueux,
Un Roi qui vive et marche et combatte avec eux.
Je le serai !

MONALDESCHI.

    Vous ?

CHRISTINE.

       Moi !... Cédant à sa noblesse
Casimir va, dit-on, abdiquer par faiblesse.
Vous m'entendez. Je suis du sang des Jagellons !

MONALDESCHI.

Point de droits plus sacrés....

CHRISTINE.

       Et nous les rappelons.

(Avec feu).

Que j'aimerais ce trône environné d'orages !
Qu'il est beau d'y monter par de libres suffrages !
Quelle gloire pour moi ! Quel sceptre à ressaisir !

MONALDESCHI.

Il aurait ses périls....

CHRISTINE.

       J'en ferais mon plaisir.
J'aurais, j'aurais la force et l'ardeur nécessaires.
Oui contre le sultan, contre ses janissaires,
Je saurais, au Sarmate, indiquer son chemin :
Croyez-vous qu'une épée irait mal à ma main ?
Oh ! comme des héros réunissant l'élite,

J'aimerais à lancer la noble Pospolite
Sur ces Turcs altérés de pillage et de sang !
Gustave n'a point vu reculer le croissant.
La selle du guerrier va devenir mon trône !

MONALDESCHI.

O transport héroïque ! Oui, la reine amazone ,
Poursuivant de son foudre un peuple de géans ,
Foulerait à ses pieds le front des mécréans.
Ah ! qu'il serait flatteur pour un ami fidèle ,
De la suivre en tous lieux , de combattre avec elle ,
De veiller sur ce front si terrible et si doux !
J'écarterais le glaive, oui, madame , et ces coups
Destinés pour un cœur, en perceraient un autre.
Si vous tombiez, mon sang se mêlerait au vôtre;
Expirer à vos pieds, quel destin plus heureux !

CHRISTINE , avec un étonnement mêlé de joie.

Marquis , ce sentiment est noble et généreux.

MONALDESCHI.

Vous m'avez enivré de votre propre gloire.
Vous voyez mon ardeur.

CHRISTINE , à part.

Que je voudrais y croire !

(Haut).
Marquis , tenez-vous prêt.

MONALDESCHI.

Quelle faveur pour moi !

CHRISTINE.

Vous me servirez donc ?

MONALDESCHI , avec transport.

O ma Reine , ô mon Roi !

CHRISTINE
(A part).
Que cet élan est vrai ! tout son être s'anime !

Un pareil dévoûment ne peut cacher le crime.

MONALDESCHI.

Mais quel sera mon guide?

CHRISTINE.

Un écrit de ma main.

MONALDESCHI.

Donnez-le moi, Madame.

CHRISTINE.

Il sera temps demain,
Monaldeschi.

MONALDESCHI.

Croyez que ma reconnaissance...

CHRISTINE, à part.

C'est-là pourtant un cri de zèle et d'innocence!...
Élisabeth! Essex dût vous parler ainsi.

MONALDESCHI.

Mais enfin je m'éloigne, et vous restez ici!
Je ne vous verrai plus.

CHRISTINE.

Quelques instans.

MONALDESCHI.

Madame,
Vous voir est le besoin, le plaisir de mon âme:
J'en vais être privé... quand je vous obéis,
Quand je vais, pour vous plaire, en un lointain pays,
Je vous laisse exposée aux langues des perfides.
Jurez-moi d'écarter leurs conseils homicides.
Ne jugez point mon cœur, ne me frappez jamais,
Sans m'avoir entendu.

CHRISTINE.

Non! je vous le promets!

FIN DU SECOND ACTE.

ACTE TROISIÈME.

Le théâtre représente une partie des jardins du château royal
de Fontainebleau. Le jardin dans le fond ; sur le devant un
bosquet.

L'illumination annoncée au premier acte, commence à la
moitié de celui-ci, de manière à ce que s'augmentant pro-
gressivement, elle soit complète à la dernière scène.

La musique du bal également annoncée, doit suivre une
progression à peu près égale, mais dans un lointain indécis
et seulement de temps à autre. Elle se fait entendre d'une
manière plus continue et plus rapprochée pendant toute
la dernière scène.

SCÈNE I.

Le Père LEBEL, parlant à quelqu'un dans la
coulisse.

J'attendrai... *(à lui-même.)* Du refuge où s'écoule ma vie,
Je viens dans un palais ; Christine m'y convie ;
De mes travaux pieux j'ai déposé le poids :
On ne résiste point aux volontés des Rois.
Me voilà !... Je dois seul, sous cet obscur feuillage,
Attendre le moment marqué pour mon ouvrage,
Par de secrets détours je me suis vu conduit ;

Mais, partout, en passant j'ai reconnu le bruit
Et le vain appareil du plaisir qui s'apprête :
Ce palais tout entier respire un air de fête.
Aveugles! Voilà donc l'emploi de vos loisirs!...
Mais chacun suit sa voix et cède à ses désirs.
Nous, prions!... Cependant pourquoi tout ce mystère?
Qu'a de commun la joie avec mon ministère!
Ces élus du bonheur, je ne puis rien pour eux;
Mais souvent on m'appelle auprès des malheureux.
On vient.

SCÈNE II.

LEBEL, SENTINELLI, CHRISTINE.

CHRISTINE, à demi voix.

Voici le lieu.

SENTINELLI. de même.

Sous ces voûtes discrètes,

J'entends quelqu'un.

LEBEL, d'une voix un peu plus élevée

C'est moi!

SENTINELLI.

Dites-nous qui vous êtes!

LEBEL ; baussant le ton.

Un humble serviteur du Dieu des affligés,
Lebel.

SENTINELLI, à la Reine.

C'est lui!

CHRISTINE, parlant à Lebel.

Mon père, écoutez et jugez.

LEBEL.

O Reine ! qu'ai-je à voir dans les grandeurs humaines ?

CHRISTINE.

Les grands ont leurs plaisirs , ils ont aussi leurs peines.

LEBEL.

Souffrez-vous ? ah parlez, mon cœur vous est ouvert.

CHRISTINE.

J'en ai besoin.

LEBEL.

   Parlez !

CHRISTINE.

    Un crime est découvert.

Ici, dans ma maison.

LEBEL.

   Et sur qui ?

CHRISTINE.

     Sur moi-même.

Qu'on ne s'abuse point. Ce front sans diadême
Ne peut, dans la fierté de son abaissement ,
Être insulté, mon père, et l'être impunément.
Je sévirai, non point d'une main clandestine ,
Mais au grand jour, ainsi qu'il convient à Christine.
J'ai reçu trop long-temps des sermens imposteurs ,
Mais un ami me reste, et j'ai des serviteurs ;
Où finit la bonté, la justice commence.
Elle sera sévère.

LEBEL.

   Écoutez la clémence :

Le pardon nous égale au Dieu de charité.

CHRISTINE.

Mon père, il ne se peut, mon plan est arrêté;

4

L'artisan du malheur en sera la victime.
Toutefois, en frappant un coup si légitime,
D'être équitable en tout j'ai voulu prendre soin ;
J'ai voulu de mon œuvre appeler un témoin ;
Un témoin ?... Oui, pour moi ; pour le coupable, un juge.

LEBEL.

Songez qu'au repentir le ciel ouvre un refuge.

CHRISTINE.

Qu'il s'adresse au ciel donc pour attendre merci.
De mon cœur outragé, ses lettres, (les voici),
Avec un dernier doute, ont chassé l'indulgence.

(Montrant ces lettres.)

Là sont écrits des mots qui demandent vengeance.

LEBEL.

Ce sont des mots cruels !

CHRISTINE.

Ce sont des mots affreux !
Et j'ose à peine encor m'appesantir sur eux !

(Présentant ces lettres à Lebel, mais sans les lui remettre encore.)

Recevez ce paquet, lisez ce qu'il renferme.
A tant de trahison quand il faut mettre un terme,
J'ai dû choisir un homme au bien trop adonné,
Trop pur, trop vertueux pour être soupçonné,
Un homme imbu, nourri d'un devoir trop auguste
Pour être le flatteur d'une colère injuste,
Un homme enfin qui sût...

LEBEL.

En toute occasion,
Je sais pleurer, Madame ; avec l'affliction.

CHRISTINE.

Je ne l'ignore point. Je sais qu'on vous révère,

Que vous êtes armé d'une équité sévère.

(Lui remettant le paquet de lettres.)

Je remets en vos mains ces funestes écrits.
Vous les conserverez, les lirez.

LEBEL.

       J'y souscris.

CHRISTINE.

Vous ne les remettrez qu'à moi seule.

LEBEL.

        A nul autre.

CHRISTINE.

Ma foi dans vos vertus me répond de la vôtre.
C'est un secret qu'à vous, qu'à vous seul je commets.

LEBEL.

De ma bouche un seul mot ne sortira jamais,
Comme au saint tribunal, madame, je vous jure...

CHRISTINE.

N'achevez pas! Qui, moi! Je vous ferais l'injure
D'écouter un soupçon, d'exiger un serment?...
Souvenez-vous du lieu, mon père, et du moment.

LEBEL.

Je ne l'oublirai point!... Est-ce tout?

CHRISTINE.

         Pas encore,

J'ai besoin d'une grâce et de vous je l'implore.

LEBEL.

Une grâce, de moi?

CHRISTINE.

     Vous reviendrez demain.

LEBEL.

Demain, soit!

CHRISTINE.

En secret, sur un mot de ma main ;
Vous n'y manquerez pas.

LEBEL.

Vous avez ma promesse,
Sera-ce encore au bruit de ces chants d'allégresse,
Que, dans l'ombre et vers vous, on conduira mes pas ?

CHRISTINE.

Mon père, tous les jours ne se ressemblent pas !

LEBEL.

O présage de deuil ! ô passions des hommes !

CHRISTINE.

Vous me retrouverez dans l'endroit où nous sommes ;
Vous suivrez ma justice ; elle ira jusqu'au bout.

LEBEL.

Madame...

CHRISTINE.

Patience ! alors, vous saurez tout !
Adieu !... Voyez ma honte en ces lignes tracée,
Et vous déciderez si je suis offensée.
A demain.

LEBEL.

A demain.

CHRISTINE.

Allez, mon père, allez.

SCÈNE III.

CHRISTINE, SENTINELLI.

CHRISTINE.

Ainsi tous ses méfaits me sont donc révélés !

SENTINELLI.

Vous avez lu ?

CHRISTINE.

Sans doute. (A part.) Aveuglé par sa haine,
Lui-même de son crime a prononcé la peine.

SENTINELLI.

Qu'avez-vous résolu ?

CHRISTINE.

Cet homme, ce Lebel,
Qui commande l'estime et parle au nom du ciel,
Avec vous, avec moi jugeant le misérable...

SENTINELLI.

Obtiendra son pardon ?

CHRISTINE.

Je suis inexorable !....
Je l'entendrai pourtant.

SENTINELLI.

Vous croyez?...

CHRISTINE.

Je le doi !

(Se parlant à elle-même, haut.)

Comme la trahison s'agite autour de moi.
L'effroi de toute part vient assiéger mon âme.

SENTINELLI.

Quoi, vos doutes aussi tombent sur moi, Madame ?

CHRISTINE.

Non ! J'ai besoin de vous... Vous avez sous mes yeux
Mis le jour qui m'éclaire et qui m'est odieux....
Avec quel art cruel l'ingrat avait su feindre !

SENTINELLI.

Je crois que ce n'est plus le moment de s'en plaindre.

CHRISTINE.

C'est le moment d'agir... Mais vous, Comte, mais vous,
Laisser deux mois entiers sommeiller mon courroux !
Me prêtez-vous un cœur dépourvu de noblesse ?
Vous avez, je le vois, ménagé ma faiblesse,
Et craint que d'un seul coup mon cœur fût accablé.

SENTINELLI.

D'un malheur moins cruel qui ne serait troublé !

CHRISTINE.

Ne dissimulez point. Vous doutiez de mon âme,
Et vos regards en moi ne voyaient qu'une femme.

SENTINELLI.

Je me gardais d'en faire un objet de mépris.
Moi, de votre bonté je connais tout le prix ;
Je ne concevais pas qu'on pût avec outrage
Se faire un jeu du nom le plus beau de notre âge ;
A tous vos sentimens je portais du respect,
Et, pour tout dire, enfin, j'aurais été suspect
Si je n'eusse appuyé le soupçon de la preuve.
J'ai voulu, sans secousse, amener cette épreuve.

CHRISTINE

Que de zèle !

SENTINELLI.

                Et pourtant vous m'aviez repoussé.

CHRISTINE.

C'est lui !

SENTINELLI.

                Je le savais.

CHRISTINE.

                Oublions le passé.

SENTINELLI.

Dans ce bannissement que m'infligeait l'envie,
J'ai supporté mon sort, et je vous ai servie.

CHRISTINE.

Trop bien, hélas !

SENTINELLI.

Trop bien ?

CHRISTINE.

Non, je vous en sais gré.
Mais en frappant celui qui vous a dénigré,
Mais en me dévoilant un si cruel outrage,
Peut-être avez-vous cru me trouver sans courage ?
Peut-être qu'à l'aspect de semblables douleurs,
Vous pensiez dans mes yeux ne trouver que des pleurs ?
Regardez, y voit on la trace d'une larme ?

SENTINELLI.

L'excès de la pitié n'est plus ce qui m'alarme.

CHRISTINE.

A ma pitié, l'indigne, a-t-il encor des droits ?
Insulter à mon cœur, au sang de tant de rois,
Ce qu'il a dit de moi, le penser et l'écrire !
Comte, qu'en dites-vous ?

SENTINELLI.

Je n'ai plus rien à dire.

CHRISTINE.

Vous servirez de guide à mon cœur ulcéré !

SENTINELLI.

Je dois vous obéir, je vous obéirai ;
C'est à quoi du serment l'autorité m'oblige ;
C'est tout ce que je puis...

CHRISTINE.

C'est tout ce que j'exige.

L'instant approche. Allez, rejoignez vos soldats,
Reprenez votre nom, tenez-vous prêt...

SENTINELLI.

Plus bas...

On vient, il n'est pas temps que l'on nous voie ensemble.
(Il prend la main de la reine comme pour guider sa sortie.)
Séparons-nous, Madame... Eh quoi, votre main tremble?

CHRISTINE.

Le croyez-vous, Monsieur? Non! vous vous méprenez.
Mes sens, par ma raison, sont toujours gouvernés :
Je vous le ferai voir. Ma vengeance exemplaire
Se manifestera, mais non par la colère;
Et, désormais, vaincu par ce dernier effort,
Mon cœur est inflexible et froid comme la mort...
Allons !

SENTINELLI, quittant la main de la reine, qui sort.

Je vous rejoins.

SCÈNE IV.

SENTINELLI, seul, regardant sous le berceau.

Est-il vrai, me trompé-je?
C'est lui ! sa vanité le conduit dans le piège?
Qui l'attire en ce lieu! Quelqu'amoureux désir !...
Si dans sa trahison je pouvais le saisir.
Cette preuve de plus, Christine, et je t'enchaîne.
Elle n'est point encore au niveau de ma haine;
Elle y viendra. Lui-même a pris soin d'y pourvoir :

On dirait que ses yeux s'ouvrent pour ne rien voir...
A-t-il donc pu me croire une âme assez commune
Pour envier, de loin, l'éclat de sa fortune,
Pour l'endurer au faîte où le fourbe est monté
Et m'enfouir vivant dans mon obscurité ?
Savoure en paix, ici, ton règne imaginaire :
Je vais te détrôner par un coup de tonnerre.
Attends-moi ; je reviens.

(Il sort.)

SCÈNE V.

MONALDESCHI, appelant à demi-voix.

Ebba ! j'ai cru qu'ici
L'on parlait... Approchez, approchez...

SCÈNE VI.

MONALDESCHI, ARVED.

ARVED.

Me voici !

MONALDESCHI, le repoussant

Arved ?

ARVED.

Écoutez-moi.

MONALDESCHI.

L'heure est inopportune.

ARVED.

Mais s'il s'agit de vous et de votre fortune.
Ah ! mon cher maître...

MONALDESCHI.

Eh bien ?

ARVED.

Les méchans, craignez-les !

MONALDESCHI.

Quels sont-ils ?

ARVED.

Je ne sais... dans ce vaste palais,
Je vous suivais partout, je voulais vous instruire,
Mais, sous tant d'yeux ouverts, je n'ai rien pu vous dire.
Je vous retrouve seul : profitons du moment.

MONALDESCHI.

Abrégez !

ARVED.

Sachez donc... Juste ciel ! mon serment !

MONALDESCHI.

Que dit-il ?

ARVED.

O mon Dieu, dans ce moment funeste,
Faites que je l'éclaire et que l'honneur me reste.

MONALDESCHI.

Qui vous retient ? Parlez !

ARVED.

Je vous trouble, à regret,
Mais on marche dans l'ombre et l'on parle en secret,
J'ai des soupçons; enfin tenez-vous sur vos gardes.
Tremblez.

MONALDESCHI.

Sais-tu le poids du mot que tu hasardes ?
D'une vile terreur, moi, me laisser troubler ?
Si j'ai quelqu'ennemi, c'est à lui de trembler...
Fuyez...

ARVED.

Il le faut donc... O justice éternelle,
Étendez sur mon maître une main paternelle.
Contre ma faible voix sa fierté le défend ;
Il méprise un avis donné par un enfant.
Je veillerai du moins.

SCÈNE VII.

MONALDESCHI, seul.

Ebba... Le temps s'écoule...
N'a-t-elle pu tromper les regards de la foule ?
Moi, j'ai saisi l'instant, je suis vite accouru.
La reine était absente. Elle avait disparu.
Pourquoi ? Dans quel dessein ? J'ai lu, sur son visage,
Un trouble comprimé... Qu'est-ce donc qu'il présage ?...
Qu'importe ? Laissons là tous les soucis de cour ;
Sous cet ombrage épais, ne songeons qu'à l'amour.
Ici l'heure, le lieu, tout est si favorable...
Un moment échappé devient irréparable :
Qu'elle tarde à venir ! O délice, ô bonheur !
Le bruit d'un pas léger retentit dans mon cœur.
Ebba.

SCÈNE VIII.

EBBA, MONALDESCHI.

EBBA.

Sommes-nous seuls ?

MONALDESCHI.

Ebba, soyez sans crainte,

Chassez l'inquiétude en vos regards empreinte ;
Vous êtes avec moi , vous m'avez accordé
Un entretien si doux.

EBBA.

Je vous l'ai demandé.

MONALDESCHI.

Vous-même ! Il est bien vrai ! Je n'osais plus y croire.
Ebba , tant de bonheur a troublé ma mémoire.
Je la retrouve ici. Votre voix et vos yeux...

EBBA.

Marquis, ce rendez-vous doit être sérieux ;
J'ai pu le demander, je me crois votre épouse.
De votre honneur, du mien, j'ai droit d'être jalouse ;
De ces deux intérêts je m'occupe ; écoutez :
Mes sentimens pour vous, qui me les a dictés ?
Hélas ! on ne sait point où le cœur nous entraîne ;
Mais nous étions ensemble et vous aimiez la Reine ;
Vos soins ingénieux à flatter ses penchans
En s'unissant aux miens paraissaient plus touchans,
De ce zèle commun les innocentes flammes
A notre insu peut-être ont agi sur nos âmes ,
Vos regards me l'ont dit; mes regards à leur tour,
Vous ont laissé connaître un vertueux amour;
Christine à votre sort m'aura donc attachée.
Mais la chaîne à ses yeux pourquoi l'avoir cachée ?
Pourquoi cacher encor le bien que j'en attends ?

MONALDESCHI.

Il faut savoir compter et choisir les instans !

EBBA.

Mais le temps passe et moi je redoute le blâme.

Déjà l'on m'interroge, on veut lire en mon ame,
On me presse, et je suis inhabile à tromper,
Malgré moi mon secret est prêt à m'échapper.
S'il arrivait.... Enfin, que gagner à se taire ?
Je veux, Monaldeschi, renoncer au mystère
Et m'ouvrir à la reine.

MONALDESCHI.

Ah gardez-vous-en bien !

EBBA.

Quoi, pour notre union redoutez-vous ?

MONALDESCHI.

Moi ? rien !

EBBA.

Craignez-vous que la reine y mette quelqu'entrave ?

MONALDESCHI.

Non pas !

EBBA.

Sur votre front quelle frayeur se grave ?

MONALDESCHI.

Aucune !

EBBA.

Ah de ce doute écartez le poison ;
La reine vous chérit.

MONALDESCHI.

Oui ! vous avez raison.
Ses royales bontés me forcent de le croire.
Ebba, je suis chargé de relever sa gloire.

EBBA.

Quelques rêves encore ?

MONALDESCHI.

L'instant est arrivé.

Pour Christine, peut-être, un astre s'est levé
Qui promet une suite à ses grandeurs passées.

EBBA.

Et vous avez flatté l'orgueil de ses pensées !

MONALDESCHI.

Je n'ai fait qu'obéir et je pars.

EBBA.

                 Vous partez ?
Vous ne m'en parliez pas.

MONALDESCHI.

             D'augustes volontés
A mon oreille encor se révèlent à peine.

EBBA.

Vous allez donc ?...

MONALDESCHI.

          Chercher un trône pour la reine !...

EBBA.

Un trône ?....

MONALDESCHI.

        Votre amie a daigné l'accepter :
Je l'en ai fait descendre et l'y fais remonter.
Libre d'une couronne en recevoir une autre....
Vous concevez, Ebba, son triomphe et le nôtre.

EBBA.

La reine vous prescrit ce funeste départ.

MONALDESCHI.

Dans toutes ses grandeurs nous aurons notre part ;
Et moi, double instrument de sa gloire immortelle,
Quels biens et quels honneurs me refusera-t-elle ?
Songez à tant d'éclat.

EBBA.

Si vous songiez à moi...

MONALDESCHI.

A vous?... ô mon Ebba, si je pars, c'est pour toi,
C'est pour toi que je vole à ma noble entreprise,
Pour toi, je cours chercher des biens....

EBBA.

Que je méprise!

MONALDESCHI.

Non! cette noble Ebba, le trésor de beauté,
Sans un juste retour ne peut être accepté.
Mais qu'ai-je à donner, moi? Quels sont mes avantages?
Qu'est-ce qu'un écuyer, qui commande à des pages,
Pour mériter la main promise à mon espoir?
Sur les marches d'un trône il faut la recevoir.

EBBA.

Monaldeschi, de vous je ne veux que vous-même.

MONALDESCHI.

O comble de bonheur! Qu'est-ce qu'un diadème,
Qu'est-ce que tout l'éclat d'une vaine splendeur,
Auprès de cette pure et généreuse ardeur?
Viens, Ebba, je te cède et n'en suis plus le maître;
Viens, viens! à mes regards dût la foudre paraître,
Dût un trépas affreux...

SCÈNE IX.

EBBA, MONALDESCHI, ARVED.

ARVED, accourant avec effroi.

Le voilà, le voilà!

MONALDESCHI.

Qui?

ARVED.

Le comte, fuyez.

MONALDESCHI, fièrement.

(à Arved)

Je reste, conduis là !

(Il lui remet Ebba qui s'est enveloppée de son voile.)

A ton jeune courage, Arved, je la confie.

(Arved sort en emmenant Ebba.)

SCÈNE X.

SENTINELLI en habit de capitaine des gardes, MONALDESCHI.

SENTINELLI, avec étonnement.

Vous étiez deux ?

MONALDESCHI.

Pourquoi ? c'est vous ?... Que signifie
Cette importunité ? contre un œil indiscret,
N'est-il plus désormais d'asile et de secret ?

SENTINELLI, à part.

J'arrive un peu trop tard ; mais le voici : qu'importe ?

MONALDESCHI.

Qui vous donne le droit d'en agir de la sorte ?
La haine et votre orgueil ?

SENTINELLI, à part.

Quelque chose de mieux.

(haut)

Un ordre...

MONALDESCHI.

Une imposture ! Otez-vous de mes yeux.
Vous arrivez à peine, et déjà votre audace

Vient ici me poursuivre et m'insulter en face !
J'aurais dû le prévoir et prendre les devants...
Qui vous a ramené ! C'est le souffle des vents !
Vos pieds ne laissent plus de marques sur la terre,
Tous vos pas sont cachés, vous êtes tout mystère...
Par vous-même, pourtant, je veux être éclairci.
Que voulez-vous de moi? Que cherchez-vous ici ?
De quelqu'indignité votre âme est occupée,
Vous m'en ferez raison !

SENTINELLI, (s'avançant vers lui.)

Rendez-moi votre épée !

MONALDESCHI, (reculant d'un pas.)

Mon épée... Est-ce à vous d'en approcher la main ?
Vous seriez bien hardi !... Nous le verrons, demain !

SENTINELLI, montrant un papier.

Un ordre....

MONALDESCHI

Il est surpris, et la reine est trompée,

(Il tire son épée.)

J'en appelle à mon bras...

SENTINELLI. (Il déplie le papier et lui montre.)

Rendez-moi votre épée.

(Les trabans se rapprochent. Monaldeschi remet son épée à Sentinelli, et sort en le regardant
d'un air de mépris.)

FIN DU TROISIÈME ACTE.

ACTE QUATRIÈME.

Le théâtre représente le même lieu qu'aux premier
et deuxième actes.

SCÈNE I.

ARVED, SENTINELLI.

(Sentinelli entre comme pour se rendre à l'appartement de la Reine, Arved le suit
comme continuant une conversation déjà commencée.)

ARVED.

Je m'attache à vos pas.

SENTINELLI.

C'est me persécuter.

Retirez-vous.

ARVED.

Non ! Rien ne peut me rebuter.

Que je parle au marquis.

SENTINELLI.

Laissez.

ARVED.

Que je l'embrasse.

Me me refusez pas, faites-moi cette grâce,
Au nom de la pitié qu'on doit aux malheureux !

SENTINELLI.

Je vous l'ai déjà dit, mon ordre est rigoureux.

ARVED.

Monaldeschi m'est cher, il m'aime, il fut mon maître.

SENTINELLI.

Que m'importe?

ARVED.

Il m'appelle, il m'accuse peut-être !
Permettez...

SENTINELLI.

Je ne puis.

ARVED.

Comte, vous le devez.

SENTINELLI.

Que dites-vous?

ARVED.

Des maux qui lui sont réservés,
Si vous êtes l'auteur, moi je suis le complice.
Me réserviez-vous donc à ce honteux supplice?
M'auriez-vous conseillé ce que l'honneur défend?

SENTINELLI.

Téméraire!

ARVED.

Abuser de la foi d'un enfant !

SENTINELLI.

Jeune homme ! Oubliez-vous?...

ARVED.

N'avez-vous pas de honte
D'un procédé pareil? C'est à vous, à vous, Comte,
Après l'avoir commis, de réparer le mal.
Quand je viens d'accomplir un devoir trop fatal,

Le vôtre est d'apaiser l'horreur que j'ai dans l'âme,
Ne me refusez plus ce que mon cœur réclame ;
Vous n'avez pas le droit de m'affliger ainsi.
Comte, à mon bienfaiteur je parlerai.

SENTINELLI.

Non !

ARVED.

Si !

SENTINELLI.

Ah ! c'en est trop. Sortez.

ARVED.

Monsieur !

SENTINELLI.

Sortez, vous dis-je,
Votre orgueil vous égare et va jusqu'au vertige.

ARVED.

Non ! C'est par la douleur que je suis égaré !
Mais vous perdez mon maître et je le sauverai ;
Je trouverai des cœurs plus ouverts à ma peine,
Vous ne m'effrayez pas, j'irai jusqu'à la reine.

SCÈNE II.

SENTINELLI, seul.

Va cours, jeune insensé !... Tout mon corps a frémi !....
(Tirant sa montre).
Est-ce l'heure ? Oui, je vais... Voici mon ennemi.
Il s'approche... Tant mieux ! qu'aura-t-il à me dire !
Je ne l'ai forcé, moi, de parler ni d'écrire....
La reine est préparée et Lebel n'est pas loin....
Que suis-je en tout ceci ?... Je ne suis qu'un témoin,

Qu'un instrument fidèle.... O Justice suprême !
Il a voulu me perdre et s'est perdu lui-même.

SCÈNE III.

MONALDESCHI, SENTINELLI, Trabans.

MONALDESCHI, aux trabans en arrivant sur la scène.

Je me justifirai ! je me justifirai !

(S'arrêtant devant Sentinelli.)

Le trait d'un délateur sur moi s'est égaré.
Si j'ai des ennemis, je saurai les confondre.

SENTINELLI.

Marquis ?

MONALDESCHI, l'interrompant.

Ma bouche ici n'a rien à vous répondre.
Ne m'interrogez pas !... étonné de vous voir,
Je ne me soumets point à ce nouveau pouvoir.

(Faisant quelques pas vers l'appartement de la reine.)

La reine !

SENTINELLI, l'arrêtant.

Demeurez !

MONALDESCHI.

La reine est fort heureuse.
Elle a des serviteurs dont la main généreuse
S'étend avec plaisir jusque sur ses amis.

SENTINELLI.

Ils s'acquittent des soins à leur zèle commis.

MONALDESCHI.

D'un si beau dévoûment vous êtes le modèle.

SENTINELLI.

A mes sermens, du moins, je suis resté fidèle.

MONALDESCHI.

C'est là ce qui vous sauve ?

SENTINELLI.

Et c'est ce qui vous perd !

MONALDESCHI.

Bien ! ne nous gênons plus ; parlons à cœur ouvert :
Dans sa sincérité ma haine a plus de charmes.

(Faisant un pas.)

Mort à vous, Comte !

SENTINELLI, tirant à moitié son épée.

A vous, marquis !

MONALDESCHI, indiquant de la main son côté gauche sans épée.

Je suis sans armes.

SENTINELLI, renfonçant son épée.

J'oubliais.

MONALDESCHI.

Triomphez, tandis qu'il en est temps.
Quatorze ans que j'oppose à vos quelques instans
Me rouvriront un cœur fermé par votre haine :

(Montrant l'appartement de la reine.)

Le repentir est là... Je vais trouver la reine.

SENTINELLI.

Marquis, ne bougez pas!

MONALDESCHI.

Je suis son prisonnier !...
Mais des heureux du jour quel sera le dernier?
Comte, je déjoûrai votre infernal génie.

(Aux trabans.)

Gardes, on vous abuse et l'on me calomnie;
Ce que j'étais hier, je le suis aujourd'hui ,
Contre un cœur déloyal prêtez-moi votre appui,

N'écoutez pas cet homme et relâchez ma chaîne,
Je me justifirai ; menez-moi vers la reine.

SCÈNE IV.

SENTINELLI, MONALDESCHI, CHRISTINE.

SENTINELLI.

La voici.

MONALDESCHI, se précipitant vers Christine.

Quoi, madame!... Ah! c'est une pitié!
On cherche à me ravir votre auguste amitié,
De vos bontés pour moi l'on craint la complaisance,
On m'interdit, enfin, jusqu'à votre présence.
L'avez-vous pu vouloir? me repousseriez-vous?
Votre courroux   hélas!

CHRISTINE.

Je n'ai point de courroux.

MONALDESCHI.

Le coup dont je me plains reste donc sans excuse.
Quel en est le prétexte et quelle voix m'accuse?
J'ai droit de le savoir, je le veux, il le faut.
Que mes accusateurs...

CHRISTINE.

Ne parlez pas si haut !
Ne recherchez personne et songez à vous-même.

MONALDESCHI.

Suis-je donc prévenu d'injure ou de blasphème?
Ai-je manqué de zèle ou trahi mon devoir!
Ai-je forfait, madame? -

CHRISTINE.

Il s'agit de le voir.

MONALDESCHI.

Ce que je vois déjà, c'est une indigne trame !
Leurs attentats sur moi vous surprendront, madame.
Poursuivi, désarmé, quel affront plus cruel ?
Je parais devant vous comme un vil criminel ?

CHRISTINE.

Pourquoi non, quand sur vous pèse le poids d'un crime ?

MONALDESCHI.

Je n'en ai point commis ; et je sais qui m'opprime,
Laissez-moi vous parler... O dieu, quel changement !
Un regard si sévère !... et c'est dans le moment
Où je me consacrais au soin de votre gloire !...
De mon dernier adieu vous gardez la mémoire...
Je suis, vous le voyez, entouré d'ennemis !
Ne m'entendrez-vous pas ?

CHRISTINE.

Si !... je vous l'ai promis.

MONALDESCHI, montrant Sentinelli et les trabans.

Ils sont là... doivent-ils m'écouter ?

CHRISTINE.

Non, sans doute.

Gardes, éloignez-vous... Marquis, je vous écoute.

MONALDESCHI.

Ah ! Madame, où chercher mon crime ou mon erreur ?

CHRISTINE.

Descendez en vous-même, et sondez votre cœur.

MONALDESCHI.

Mon cœur ?

CHRISTINE.

Vous pâlissez.

MONALDESCHI.

Qui ? moi ! sur ma figure
Vous lisez ma surprise.

CHRISTINE.

Et peut-être l'augure
D'un grand malheur... Marquis, je donnerais du sang,
Pour vous retrouver pur, pour vous voir innocent.

MONALDESCHI.

Je suis innocent.

CHRISTINE.

Vous !... concevez plus d'alarme,
Essayez d'un aveu, qu'un aveu me désarme.

MONALDESCHI, (à part.)

Est-ce Ebba dont la bouche aurait ?.. Non, Dieu merci !
Ebba n'a point parlé, je la verrais ici.
Non, ce trait imprévu ne saurait venir d'elle !
(Jetant un regard sur Sentinelli.)
C'est de mon ennemi quelqu'embûche nouvelle,
Une intrigue de plus... Gardons-nous de fléchir,
Tenons ferme.

CHRISTINE.

J'attends. Vous pouvez réfléchir.
Mais à quoi bon ?... Parlez... Oui.. mon cœur le désire,
Vos crimes, c'est à vous, Marquis, de me les dire.

MONALDESCHI.

Je ne les connais pas. Puis-je les deviner !
(Christine fait un geste d'impatience.)
Mais vous l'avez prescrit, je dois m'examiner.
Conduit par votre gloire aux bords de la Baltique,
J'y portai le parfum de cette terre antique

Où vous aimiez de loin à voir fleurir les arts;
Je m'y fis accueillir, et d'augustes regards
Tombés du haut d'un trône à la cour me retinrent,
Un titre était vacant, mes services l'obtinrent,
L'honneur à vos destins suffit pour m'attacher;
A la fureur des flots je pus vous arracher !
Fier depuis ce moment de ma noble conquête,
Je vous ai consacré mon cœur, mon bras, ma tête;
J'ai vu l'instant heureux où vous n'en doutiez pas :
Je n'ai quitté jamais la trace de vos pas,
Et je suis en ces lieux où je vous ai suivie...
Après avoir, Madame, interrogé ma vie,
J'attends le châtiment que m'auront mérité
Près de quinze ans de zèle et de fidélité.

CHRISTINE.

Votre zèle, Monsieur, n'a jamais, je le pense,
Attendu vainement après sa récompense.

MONALDESCHI.

Jamais, et j'en conserve un profond souvenir.

CHRISTINE.

On ne me verra pas moins exacte à punir.

MONALDESCHI.

A punir?...

CHRISTINE.

Et pourtant c'est une idée affreuse !
Qui m'en affranchirait me rendrait bien heureuse.
Ayez-en le mérite. Avouez tout.

MONALDESCHI.

Mais quoi?

Des soupçons!...

CHRISTINE.

Avouez!... Faites cela pour moi.

MONALDESCHI.

Dans un doute cruel votre cœur persévère...

CHRISTINE.

Reportez sur votre âme un regard plus sévère ;
Reconnaissez du moins quelques-uns de vos torts...
Vous ne retrouvez rien ?

MONALDESCHI.

J'y fais tous mes efforts...
Je cherche à remonter aux sources de ma faute...
M'y voilà... Sous le poids d'une faveur si haute
Peut-être ai-je fléchi ? Peut-être mon orgueil
De l'étroite prudence a-t-il franchi le seuil ?
Enivré de l'éclat de vos bontés passées,
Échauffé par le feu de vos nobles pensées,
Et rempli des secrets de tout votre avenir,
Peut-être que mon sein n'a pu les contenir ?
Lorsque le cœur est vif la parole est légère,
Quelques mots échappés, que la haine exagère,
Peut-être sont venus jusqu'à mes ennemis ?
Quelqu'un de vos projets en sera compromis ?
(Votre cœur, à bon droit, m'en ferait le reproche.)
Je n'aurai point assez dissimulé l'approche
Du mouvement hardi qu'à tout autre il céla ?
Mon ardeur m'a trompé...

CHRISTINE.

Non ! C'est plus que cela.
J'ai monté sur le trône et j'en suis descendue ;
Je vous pardonnerais. Poursuivez.

MONALDESCHI.

                    L'étendue
De mon malheur, enfin, se dévoile à mes yeux.
Je vais me retirer. Je vous suis odieux.

CHRISTINE.

Demeurez, je le veux, je vous en donne l'ordre.

MONALDESCHI, détachant la décoration de l'ordre de l'Épée.

Il faut fuir... Je vous rends le collier de votre ordre.
(Otant un anneau de son doigt.)
Reprenez cet anneau, gage autrefois si cher,
Il me rappellerait un bonheur trop amer,
Le voilà.

CHRISTINE, prenant l'anneau. Elle remet le tout à Sentinelli.

    Bien. J'accepte.

MONALDESCHI.

                    A regret je vous quitte
Innocent, quel qu'il soit, du fait qui vous irrite,
Pour la dernière fois j'embrasse vos genoux.
Adieu.

CHRISTINE. (Les trabans se rapprochent.)

    Non, demeurez... Vous êtes, dites-vous,
Innocent?

MONALDESCHI.

    Je le suis.

CHRISTINE.

        N'avez-vous pas de honte?...
Je vous attends encor...

MONALDESCHI.

        Vous savez tout.

CHRISTINE, à Sentinelli.

                Oui!... Comte,
Faites entrer.

SCÈNE V.

CHRISTINE, MONALDESCHI.

CHRISTINE.

Marquis, l'accent du repentir,
Du fond de votre cœur, est bien lent à sortir.
Donnez moi le moyen d'excuser votre injure :
C'est moi qui vous en prie et qui vous en conjure.

MONALDESCHI.

(Il fait un mouvement comme pour continuer sa justification.)

CHRISTINE.

Non, non, plus de refus ! Profitez des instans.
Parlez vite, parlez !

MONALDESCHI.

Madame...

CHRISTINE, tournant la tête au bruit du dehors.

Il n'est plus temps.

SCÈNE VI.

CHRISTINE, MONALDESCHI, SENTINELLI, LEBEL.

CHRISTINE, montrant Lebel.

Voici l'homme attendu.

LEBEL.

Salut à vous, ô Reine.

(Promenant ses regards avec incertitude.)

Me voici de retour !... Mon serment me ramène.
Que faire et qu'attend-on de moi ?

CHRISTINE

La vérité!
Elle aura plus de force et plus d'autorité,
Elle s'échappera plus vive et plus profonde
D'une bouche fermée aux passions du monde.
Vous êtes mon arbitre.

LEBEL.

Et j'en suis affligé.
Moi, je ne juge point pour n'être pas jugé.
Jamais du cœur d'autrui mon cœur ne désespère.

CHRISTINE.

Cet écrit odieux, vous l'avez lu, mon père.

LEBEL.

J'ai lu.

CHRISTINE.

Que dites-vous d'un pareil attentat?

LEBEL.

Aux mystères des cours étranger par état,
Nourri de solitude et de philosophie,
De lui-même à bon droit mon esprit se défie.

CHRISTINE.

Mais, ici, tout est clair, tout le mal est à nu,
Des sermens sont trahis, un devoir méconnu.

LEBEL.

Hélas, qui n'a péché? Quel mortel ne s'abuse?

CHRISTINE.

Mon père, à tant d'excès cherchez-vous une excuse?

LEBEL.

Le dieu des malheureux a visité mes mains :
Je compatis, madame, aux malheurs des humains.

CHRISTINE.

Ce malheur est un crime, un crime impardonnable.

LEBEL.

Pour la terre, peut-être !

CHRISTINE, montrant Monaldeschi.

Et voilà le coupable !

MONALDESCHI.

Le coupable... Toujours... Toujours ce mot cruel !
Et la preuve !

CHRISTINE, au père Lebel.

Donnez !

(Lebel lui remet les lettres. Elle les remet elle-même à Monaldeschi.)

La voici !

MONALDESCHI, jetant les yeux

Juste ciel !

CHRISTINE, à Lebel en lui montrant Monaldeschi agité en parcourant les lettres.

Ce coup inattendu frappe juste et le touche.
Je n'ai garde pourtant de lui fermer la bouche.

(à Monaldeschi.)

Qu'il se défende... Hé bien !

MONALDESCHI.

C'est une trahison !
D'où peut venir l'écrit ! C'est de votre maison,
Je ne suis pas l'auteur de cet ouvrage impie,
n'est pas de ma main.

CHRISTINE.

Non, c'est une copie,
Mais fidèle.

MONALDESCHI.

Ainsi donc à cet acte infernal
Vous ajouterez foi ?

CHRISTINE, présentant à Monaldeschi un autre paquet de lettres.

Voici l'original.

MONALDESCHI

Je suis perdu.

CHRISTINE

(à Monaldeschi.)   (à Lebel.)

Parlez.... Je veux encor l'entendre.

Vous le voyez, mon père, il pourra se défendre,
Il est libre et j'écoute.

LEBEL, à Monaldeschi.

Ah ! justifiez-vous !

MONALDESCHI.

(à Lebel.)   (à Christine.)

Comment faire?.... Il est vrai, votre juste courroux
Peut descendre aujourd'hui sur ma tête insensée.
Je suis bien malheureux ! Vous êtes offensée.

CHRISTINE.

Je le suis jusqu'au fond d'un cœur long-tems ami.
A m'outrager, Monsieur, n'avez-vous pas frémi?

(Lui montrant du doigt un passage dans une lettre.)

Voyez !

MONALDESCHI, écartant cette lettre.

Je ne saurais.

CHRISTINE, la parcourant des yeux.

Je suis donc... une... femme...

(Lui remettant la lettre sous les yeux et le forçant de lire à l'endroit qu'elle indique.)

Regardez, là... Je suis...

MONALDESCHI

N'achevez pas, Madame !

CHRISTINE.

Mais vous l'avez tracé ce mot lâche et moqueur.

MONALDESCHI

C'est un jeu de l'esprit et non le fait du cœur.

CHRISTINE.

(Lui remettant de nouveau la lettre sous les yeux et indiquant un autre passage.)

Et ces lignes... plus bas !... Voulez-vous les relire ?...

(Monaldeschi lit, et Christine le regarde avec sévérité.)

Qu'en dites-vous, Monsieur?

MONALDESCHI.

C'est l'œuvre du délire !

CHRISTINE.

Je le crois !... C'est l'effet d'un délire odieux.

(Le conduisant sur le devant de la scène et baissant la voix.)

Venez...écoutez-moi... Le rang de mes ayeux,

Le juste orgueil de reine et la pudeur de femme,

(Le repoussant.)

J'ai tout quitté pour vous... Vous êtes un infâme !

MONALDESCHI, suivant la reine qui marche avec une impatience contenue.

Je suis un malheureux sous vos pieds abattu.

Je ne me vante pas d'une haute vertu,

J'ai ma faiblesse.... en elle uniquement j'espère;

Vous en aurez pitié.

CHRISTINE, se retournant vers Lebel.

Vous le voyez, mon père,

Il parle et je l'entends.

MONALDESCHI, la conduisant près d'un fauteuil.

Si vous pouviez savoir

Mes regrets... Il s'agit de mon plus cher espoir !

Je perds mon avenir...

CHRISTINE, faisant un mouvement pour se lever.

Son avenir !

6

MONALDESCHI.

Madame,

A mes vœux, à mon cœur ne fermez point votre âme.
Ne suis-je pas tremblant, confus, humilié ?
Cet écart d'un moment je l'avais oublié...
Du choc des passions quelle âme est affranchie ?
Des premiers mouvemens la pente irréfléchie
Nous entraîne plus loin que ne va le regard,
Je vous en fais l'aveu, madame...

CHRISTINE.

Il est trop tard !...

Vous n'avez rien de plus à dire ?

MONALDESCHI.

Une imprudence

Peut se remettre, hé bien ! soyez ma providence;
Pesez l'ennui présent et le bonheur passé.

(Christine, qui a écouté depuis le commencement du précédent couplet, l'œil fixé à terre,
appuie sur Monaldeschi le regard d'une colère froide.)

Ah ! j'en appelle à vous de ce regard glacé.
Vous n'avez point un cœur fait pour sentir la haine,

(Tombant à genoux.)

Vous êtes femme enfin, madame...

CHRISTINE, se levant avec orgueil.

Je suis reine!

(Elle sort, Sentinelli la suit, les trabans restent.)

SCÈNE VII.

MONALDESCHI, LEBEL.

MONALDESCHI, suivant des yeux la reine.

Elle s'en va, mon père... en son œil irrité,
J'ai vu briller l'éclair de la sévérité.
La voilà qui se livre au méchant qui l'assiège ;
Je ne la verrai plus... N'est-il pas vrai ?

LEBEL.

Que sais-je ?

MONALDESCHI.

Ce jour a vu briser les plus fermes liens !
Je perds tout à la fois.

LEBEL.

Faites-vous d'autres biens !

MONALDESCHI.

La reine m'a chassé.

LEBEL.

Cherchez un autre maître !
Il en est un plus grand et meilleur à connaître.
La grâce qui s'obtient, en invoquant sa loi,
Quand on l'a méritée, on l'emporte avec soi,
De la fange du vice aux bûchers du martyre ;
Et la faveur de Dieu jamais ne se retire.

FIN DU QUATRIÈME ACTE.

ACTE CINQUIÈME.

Le théâtre représente une galerie du château de Fontainebleau. Au fond, la porte de la galerie des Cerfs. Plusieurs tableaux décorent celle où se passe la scène.

SCÈNE I.

GUELTER, THADÉO, SENTINELLI, LANDINI.

SENTINELLI.

Vous l'avez entendu. Telle est sa volonté.

GUELTER.

Nous ne disputons point avec Sa Majesté ;
Mais...

SENTINELLI.

Auriez-vous conçu des doutes ridicules ?

THADÉO.

C'est le marché du sang...

SENTINELLI, *leur donnant de l'or.*

Tenez, plus de scrupules.

GUELTER.

De l'or !

THADÉO.

De l'or !

(Pendant les exclamations de ses deux camarades, Landini regarde, sans parler, l'or qu'il a également reçu.)

SENTINELLI.

Guelter, Thadéo, Landini,
J'ai fait choix de vos bras : l'ingrat sera puni.

GUELTER.

Vos résolutions ne seront point trompées.

SENTINELLI.

Ainsi vous êtes prêts et sûrs de vos épées?

GUELTER.

Vous en serez témoin.

THADÉO.

Vous verrez par l'effet.

LANDINI, s'approchant d'un air grave et mystérieux.

Il est chrétien...

SENTINELLI.

J'entends, tu seras satisfait.
Tout est prévu... Messieurs, du sang-froid; du silence!
Pas un seul mot!

GUELTER.

Suffit.

SENTINELLI.

A votre vigilance

Je remets tout.

GUELTER.

On a l'œil ouvert, dieu merci!

SENTINELLI.

Je cours tout préparer... Vous m'attendrez ici.

SCÈNE II.

GUELTER, THADÉO, LANDINI.

THADÉO.

Cela sera-t-il long ?

LANDINI.

Patience !

GUELTER.

Et qu'importe ?

(A Thadéo.) (A Landini.)

Tu te tiendras ici. Toi devant l'autre porte ,

(Montrant la porte du fond.)

Moi, là... C'est la consigne , il ne peut échapper.

LANDINI.

Non.

THADÉO, d'un air de curiosité.

La reine se venge ?

GUELTER , avec insouciance.

Elle a dit de frapper.

Je ne sais rien de plus.

THADÉO.

Frappons... C'est son affaire.

LANDINI.

D'ailleurs tout est dans l'ordre et doit nous satisfaire.

Cent écus sont donnés à l'église aujourd'hui,

Il aura ce qu'il faut et l'on priera pour lui.

GUELTER.

Chut... Le voilà.

SCÈNE III.

Les mêmes, MONALDESCHI.

MONALDESCHI.

(Il entre escorté par une troupe de trabans qui se retire et le laisse avec les trois premiers. Il
s'adresse à ceux-ci après avoir jeté sur eux et sur la scène des regards d'inquiétude.)

Soldats, avec vous on me laisse,
J'en suis heureux!...

(Il se présente à Thadéo qui croise la hallebarde.)

Comment!

(Même jeu à Gustler.)

Quoi, se pourrait-il?

(Même jeu à Landini.)

Qu'est-ce?

Mes amis, je vous parle et vous me menacez...
Vous plaignez-vous de moi? Vous aurais-je offensés?
Deux mois, avec douceur, je fus à votre tête.
Que me voulez-vous donc? qu'est-ce donc qui s'apprête?
Vous ne me dites rien... parlez, au nom du ciel...
Il les a, je le vois, imprégnés de son fiel...
De sa fureur, au moins, soyez les interprêtes!
Non, leur front est baissé, leurs bouches sont muettes;
D'un traitement plus doux je me flattais à tort;
Et pour un favori ce silence est la mort.
La mort!... oui, c'est la mort que leur main me destine.
Mourir sans voir Ebba !... Mourir par toi, Christine!
Je ne vois point Arved !... Ils m'ont abandonné!
Je suis seul et déjà condamné... Condamné!
Moi?... Serait-il possible?... Est-il sûr que je veille?

(Il se tâte pour reconnaître s'il n'est pas tombé dans le sommeil ; et tout à coup :)

Un tintement lugubre est là dans mon oreille,

Cette sueur est froide. Elle me glace... Eh, quoi ?
Est-ce mon dernier jour ? S'est-il levé pour moi ?
O Dieu que, pour son fils, a tant prié ma mère,
Vierge, qu'elle honorait, de ma tristesse amère,
De mon affreuse angoisse écoutez les clameurs.
C'est un assassinat ! C'est un crime ! je meurs.
Ma sentence est écrite en ces trois cœurs farouches,
Je la lis dans leurs yeux ; je la vois sur leurs bouches,
J'y trouve le secret de leur cruel dessein.
Parlez-moi donc, bourreaux ! Répondez, assassin !
Que je ne sois pas seul.

SCÈNE IV.

MONALDESCHI, SENTINELLI, LES TROIS TRABANS.

MONALDESCHI, à Sentinelli

               Ah ! de votre présence,
Comte, j'aime à subir la funeste influence.
Je vis, du moins, je vis ; je le sens à vous voir :
Je puis de vos fureurs interroger l'espoir.
Allez-vous renverser l'obstacle qui vous gêne !
Livrerez-vous au glaive un ami de la reine ?
Du soin de votre honneur n'avez-vous nul souci ?
Avez-vous soif de sang ? Vous vous taisez aussi :
Ah ! l'ordre vient de vous, je vous reconnais... Lâche,
Ma malédiction te suivra sans relâche ;
Des mots de félonie et de déloyauté
Je marquerai ton front devant l'éternité.
C'est la seule vengeance où désormais j'aspire ;
Je pardonne à la reine, oui, monstre, va lui dire

Que je laisse après moi ton cœur faux pour vengeur.

(Sentinelli donne des signes d'une agitation mal contenue.)

Tu t'efforces envain de cacher ta rougeur.
Rougis ! Cours ! Va saisir ma dépouille usurpée,
Homme qui ne sait pas ce qu'on fait d'une épée...

(Sentinelli fait un mouvement que Monaldeschi interrompt en poursuivant avec plus de violence.)

Oui, toi que je connais, toi que j'ai vu courir,
Mais non pas à la gloire...

SENTINELLI, *hors de lui, et s'avançant vers Monaldeschi.*

Eh bien !...

(Il s'arrête, et avec un calme subit.)

Il va mourir !

(Aux trabans.)

Vous êtes prêts, Messieurs ?.. Marchons !

MONALDESCHI.

Non, je demeure.

Si la reine y consent, frappez-moi : que je meure...
Mais pour l'instant fatal je suis peu préparé ;
Les folles passions, l'orgueil m'ont égaré ;
Je fus un imprudent, je ne suis point un traître.

SENTINELLI.

On vous attend.

MONALDESCHI.

Moi ?

SENTINELLI.

Vous.

MONALDESCHI.

Et qui m'attend ?

SENTINELLI.

Le prêtre !

(Monaldeschi entre deux trabans, et suivi du troisième, est dirigé vers la galerie des Cerfs. Sentinelli ferme la marche.)

SCÈNE V.

CHRISTINE, SENTINELLI.

(Monaldeschi et les trabans sont déjà rentrés et hors de la vue du spectateur. On ne voit que Sentinelli. Au bruit de l'entrée de la reine, il se retourne, l'aperçoit, referme les deux battans de la porte et revient sur ses pas.)

SENTINELLI.

L'instant est arrivé.

CHRISTINE, montrant la galerie des Cerfs.

Lebel est en ce lieu ?

SENTINELLI, même geste.

Il est là.

CHRISTINE.

Qu'il agisse et parle au nom de Dieu ,
Puisse le criminel entendre son langage !
D'un reste de bonté je lui devais ce gage.

SENTINELLI.

Votre cœur envers lui fut toujours généreux !...
Rien ne changera plus ?

CHRISTINE.

Rien.

(Sentinelli entre dans la galerie des Cerfs).

SCÈNE VI.

CHRISTINE, seule.

C'est un malheureux !....
Cependant je suis reine et je suis outragée ;
Sentinelli sait tout ; je dois être vengée :
Point de faiblesse ! on vient.... Tout serait-il fini ?

SCÈNE VII.

LEBEL, CHRISTINE.

LEBEL , entrant avec précipitation.

Ah! qu'ai-je vu, madame?

CHRISTINE.

Il est déjà puni?

LEBEL.

Je tombe à vos genoux, ma bouche vous implore,
Sa vie est en vos mains.

CHRISTINE.

Mon père, il vit encore?

LEBEL.

Il vit. C'est un moment de tumulte et d'effroi.
Il fallait tout suspendre et j'ai tout pris sur moi.
Oui, modérant l'excès de leur ardeur funeste,
J'ai fait, à vos soldats, parler la voix céleste ;
Au nom du divin maître ils se sont arrêtés.
Arrêtez-vous comme eux.

CHRISTINE.

Comme eux !.. Vous m'insultez.

LEBEL.

Ce n'est pas mon dessein... Vous savez où j'aspire ,
Reprenez sur vous-même un généreux empire.

CHRISTINE.

Mon père !

LEBEL.

Ah! révoquez votre arrêt.

CHRISTINE.

Je ne puis.

LEBEL.

Je ne puis, en ce cas, demeurer où je suis.
Je me retire, adieu.

CHRISTINE.

Cela n'est plus possible.

Vous êtes nécessaire.

LEBEL.

A cet emploi terrible

Je me refuse.

CHRISTINE.

Alors je dois vous avertir
Que de l'endroit fatal vous ne pouvez sortir;
J'ai donné l'ordre.

LEBEL.

Ainsi vous usez de contrainte!...
Eh bien ! soit ! je l'accepte et c'est une œuvre sainte.
Cet homme est accablé, sans secours, sans appui,
Je me place, madame, entre le glaive et lui.
Ah ! Je vous parle au nom de votre intérêt même.
Vous êtes loin des lieux où le pouvoir suprême
A pu vous élever au-dessus de la loi,
Et ce meurtre inutile offenserait le roi.

CHRISTINE

Suis-je donc sa sujette ?... Une indigne licence
Doit réparation, mon père, à ma puissance.

LEBEL.

Vous l'avez abdiquée !

CHRISTINE.

Et qui l'a prétendu ?...
Je n'ai point abdiqué le respect qui m'est dû.

Nul autre n'oserait me le redire en face.

(Touchant son front.)

Le sceau divin est là !... Croyez-vous qu'il s'efface ?

LEBEL.

Non ! mais le Dieu vivant, le Dieu qui, de ses mains,
Tient la balance égale entre tous les humains,
Fait payer ses faveurs aux puissans de la terre.
En marquant votre front du signe héréditaire,
Lui-même, à ce bienfait mit des conditions :
Si vous ne domptez point d'injustes passions,
Si de tous ses devoirs votre cœur se détache,
Le sceau divin s'altère et n'est plus qu'une tache.

CHRISTINE.

Laissez, laissez-moi libre en ma sévérité,
Je n'ai que moi de juge...

LEBEL.

Et la postérité !

CHRISTINE.

Comment ? La preuve est claire et le crime authentique,
Et je ne puis punir un ingrat domestique,
Je ne peux le frapper si quelqu'un n'y consent ?...

LEBEL.

Non ! C'est à la loi seule à demander du sang.

CHRISTINE.

Je vous détromperai !

LEBEL.

Vous serez inhumaine.

CHRISTINE.

Avez-vous oublié que je fus et suis reine.

LEBEL.

Reine !... Par la grandeur vous expliquez vos coups...

Vous êtes grande, hélas! mais Dieu l'est plus que vous.
Dieu pardonne, Madame.

CHRISTINE.

A tant de perfidie,
A cette trahison si longue et si hardie,
A cet oubli cruel de mon nom, de mes droits,
A ce mépris du sang que je tiens de vingt rois,
Vous voulez qu'à l'instant je pardonne?

LEBEL.

Oui, madame!

CHRISTINE.

Maîtrise-t-on ainsi les transports de son âme?
Vous savez si l'ingrat eut droit à mes bontés,
Vous connaissez son crime et ses iniquités.

LEBEL.

Laissez-les sur son front; n'en chargez pas le vôtre.

CHRISTINE.

Le mystère est connu....

LEBEL.

De vous, de moi..

CHRISTINE.

D'un autre!

LEBEL.

Prête ton éloquence à mon dernier effort,
Dieu de bonté!... Madame, il est devant la mort,
Il voit le fer tiré; la lame meurtrière
Éblouit son regard et trouble sa prière;
De son cœur oppressé la foi ne peut sortir,
Madame, il craint le ciel, j'ai vu son repentir :
Pardonnez-lui ses torts.

CHRISTINE.

Je le voudrais, mon père ;
Je l'aimais, il le sait, il m'était plus qu'un frère.
L'ingrat !

LEBEL.

Si vous pouviez voir cet infortuné
Sur le marbre à genoux, dans le sang prosterné,
Dans le sang, car sa main, en détournant l'épée,
A rougi, sous mes yeux, le fer qui l'a frappée,
Vous en auriez pitié.

CHRISTINE.

Mon père, laissez-moi...

LEBEL.

Ne vous défendez pas d'un salutaire effroi,
Laissez-vous attendrir... Vous ignorez, madame,
Tout ce que souffre un corps prêt à quitter son âme.
Si vous vouliez... du ciel, la clémence est un don,
Madame, laissez-moi lui porter son pardon.

CHRISTINE.

Non ! parlez-lui de Dieu ; c'est votre ministère ;
Détournez son regard des choses de la terre ;
Ayez soin de son âme.

LEBEL.

Il faut donc au Très-Haut
Offrir son repentir et son sang...

CHRISTINE.

Il le faut !

LEBEL.

Ah ! Madame, est-il vrai ? Sont-ce là vos paroles ?
De vos ressentimens faites-vous vos idoles !

Je vous laisse au pouvoir de leur joug meurtrier ;
Je cours à la victime et nous allons prier ;
Puisque toute pitié fuit et vous abandonne,
Que le remords vous touche et que Dieu vous pardonne.

(Lebel sort, Christine court à lui , le rappelle.)

CHRISTINE.

Mon père , suspendez.

LEBEL.

Dieu soit loué ; j'y cours.

SCÈNE VIII.

CHRISTINE, seule.

Il a raison : mourir à la fleur de ses jours !
Monaldeschi !.. du sang !... Mais tant d'ingratitude !
C'est un supplice aussi que mon incertitude.

SCÈNE IX.

CHRISTINE, SENTINELLI.

SENTINELLI.

Faut-il finir ?

CHRISTINE.

Non , non.

SENTINELLI.

Ah !

SCÈNE X.

EBBA, CHRISTINE, SENTINELLI.

EBBA, entrant avec précipitation.

Je veux voir la reine.

(A Christine.)   (Apercevant Sentinelli.)

J'accours à vous, Madame... O ciel, protégez-moi!
Je frémis.

CHRISTINE.

Qui peut donc t'inspirer tant d'effroi?

EBBA, montrant Sentinelli.

C'est cet homme cruel. Regardez.

CHRISTINE.

Qui? le Comte?

EBBA.

Lui-même. Ignorez-vous ce qu'ici l'on raconte?
Ne le voyez-vous pas, son œil roule du sang!
Madame, il va percer le cœur d'un innocent.

CHRISTINE.

De quoi vous mêlez-vous?

EBBA.

Moi?

CHRISTINE.

Songez à vous-même.

Que voulez-vous?

EBBA.

Sauver...

CHRISTINE.

Monaldeschi?

EBBA,

Je l'aime!

7

CHRISTINE.

Monaldeschi?... Viens, parle, explique-moi ceci.
Tu l'aimes?

EBBA.

Oui, Madame, hélas? il m'aime aussi.

CHRISTINE.

Il t'aime?

EBBA.

Il m'a promis la foi de l'hyménée.

CHRISTINE.

Il t'a promis sa foi?

EBBA.

Depuis plus d'une année.
Ces nœuds, auprès de vous nous les avons formés,
Madame, en vous aimant nous nous sommes aimés.

CHRISTINE.

Malheureuse!

EBBA.

Il est mort!..

SCÈNE XI.

ARVED, CHRISTINE, SENTINELLI, EBBA.

ARVED, entrant avec précipitation et s'adressant à la reine.

Grâce!..

CHRISTINE.

Mais quel tumulte!

ARVED.

Grâce!

(On entend un grand bruit dans la coulisse.)

EBBA.

Grâce!

CHRISTINE.

Jamais,

SENTINELLI, à Christine.

> Prévenons cette insulte !

EBBA, (se jetant aux pieds de la reine.)

Grâce , grâce !

CHRISTINE

Elle encor !

SENTINELLI, à Christine.

> J'attends votre ordre.

CHRISTINE, à Sentinelli.

> Allez !

(Sentinelli se hâte de rentrer dans la galerie des Cerfs.)

SCÈNE XII.

ARVED, EBBA, LE GOUVERNEUR, CHRISTINE, suite, Gardes du château et de la Forêt, maison de la Reine.

LE GOUVERNEUR.

Madame, quels projets sont ici dévoilés ?
Un crime, en ce palais, va-t-il donc se commettre !

CHRISTINE.

Quoi ! dans mes volontés votre regard pénètre?
Vous êtes bien hardi de mesurer mes droits.
Est-ce là le respect que vous portez aux rois ?

LE GOUVERNEUR.

Madame, il faut qu'ici je vous en avertisse;
Au roi de France, en France appartient la justice.
Il est des magistrats pour juger en son nom.
Remettez en leurs mains le grand écuyer...

CHRISTINE.

> Non !

LE GOUVERNEUR.

Madame!

CHRISTINE.

(A part.)

Non! mon sang dans mes veines bouillonne.

LE GOUVERNEUR.

Cédez à la raison.

CHRISTINE, à part.

Je brûle.

LE GOUVERNEUR.

Tout l'ordonne.

CHRISTINE.

Eloignez-vous.

LE GOUVERNEUR.

Le roi doit être respecté.
J'ai la force qui fait régner sa volonté.
Je ne souffrirai pas qu'une main sacrilége
Viole de mon roi l'auguste privilége.
Cessez de m'opposer des retards superflus :
Rendez Monaldeschi...

(Les gardes de la forêt font un mouvement qui laisse à découvert le fond de la scène).

SCÈNE XIII.

Les mêmes, SENTINELLI, GUELTER, THADÉO, LANDINI.

(La porte de la galerie des Cerfs s'ouvre, Sentinelli s'avance vers la reine qui le regarde avec curiosité, et après s'être incliné devant elle, il s'écrie :)

SENTINELLI.

Monaldeschi n'est plus!

FIN.

EXTRAIT

DU

CATALOGUE DE L'ÉDITEUR.

SOUSCRIPTIONS.

REVUE DE PARIS, recueil littéraire à l'instar des *revues* ou *magazines* qui obtiennent un si grand succès en Angleterre.

La Revue de Paris, imprimée sur papier vélin grand in-8, paraît par volume composé de 260 à 320 pages.

Chaque volume est divisé en quatre ou cinq livraisons.
Il paraît une livraison tous les dimanches.
Le prix de la souscription est ainsi fixé.

Paris, pour 3 vol. 20 f. Province, pour 3 vol. 22 f. 50 c.
» pour 6 » 40. » pour 6 » 45 f.
» pour 12 » 80. » pour 12 » 90 f.
Étranger, pour 3 vol. 25 f. Pour 6 vol. 50 f. Pour 12 vol. 100 f.

HISTOIRE PHYSIQUE, CIVILE ET MORALE DES ENVIRONS DE PARIS, depuis les premiers temps historiques jusqu'à nos jours; par *J.-A. Dulaure*, de la Société royale des Antiquaires.

Sept vol. in-8° ornés de 80 belles gravures et d'un plan magnifique des environs de Paris comprenant un rayon de près de quarante lieues. Prix :   72 fr.

Ce bel ouvrage est entièrement terminé.

OUVRAGES RÉCEMMENT PUBLIÉS.

LE TUMULTE D'AMBOISE. 1 vol. in-8.   7 fr.

HISTOIRE DE LA CHUTE DE L'EMPIRE GREC, par l'auteur du *duc de Guise.* 1 vol. in-8.   7 fr.

ÉTUDES FRANÇAISES ET ÉTRANGÈRES, par E. Deschamps; 3ᵉ édition, augmentée de poésies nouvelles. 1 vol. in-8.   8 fr.

LE DERNIER CHOUAN, ou la Bretagne en 1800, par M. Honoré Balzac. 4 vol. in-12. Prix.   12 fr.

SCÈNES CONTEMPORAINES, laissées par feue madame la comtesse de Chamilly. Deuxième édition, augmentée du 18 brumaire, scènes nouvelles. Un vol. in-8. Prix.   7 fr.

POÈMES, par M. le comte Alfred de Vigny, auteur de Cinq-Mars. Deuxième édit., augmentée. 1 vol. in-8. 7 fr. 50 c.

MÉMOIRES ANECDOTIQUES SUR L'INTÉRIEUR DU PALAIS DE NAPOLÉON, sur celui de Marie-Louise, et sur quelques événemens de l'empire, depuis 1805 jusqu'en 1816. Par M. de Bausset, ancien préfet du palais impérial. 4 vol. in-8.   30 fr.

Les tomes 3 et 4 séparément.   15 fr.

ANNUAIRE NÉCROLOGIQUE, ou Complément annuel et continuation de toutes les biographies et dictionnaires historiques, contenant la vie de tous les hommes remarquables par leurs actes ou par leurs productions, morts dans le cours de chaque année, à commencer de 1820; rédigé et publié par A. Mahul; in-8, orné de portraits.

Première année, pour 1820.	6 fr.
Deuxième année, pour 1821.	7 fr. 50 c.
Troisième année, pour 1822.	7 fr. 50 c.
Quatrième année, pour 1823.	8 fr.
Cinquième année, pour 1824.	8 fr.
Sixième année, pour 1825.	8 fr.

ANNALES BIOGRAPHIQUES, ou Complément annuel et continuation de toutes les biographies ou dictionnaires historiques, contenant la vie de toutes les personnes remarquables en tout genre, mortes dans le cours de chaque année. 2 vol. in-8, en quatre parties. 1827. 20 fr.
    Cet ouvrage est la suite du précédent.

ATLAS DES ROUTES DE LA FRANCE, ou Guide des voyageurs dans toutes les parties du royaume, dressé par A. M. Perrot, membre de plusieurs sociétés savantes. in-12, cart. 1826. 13 fr.

APERÇU SUR LES HIÉROGLYPHES D'ÉGYPTE et les Progrès faits jusqu'à présent dans leur déchiffrement, par M. Brown; trad. de l'anglais, avec un plan représentant les alphabets égyptiens. 1 vol. in-8, grand-raisin. 1827.
    4 fr. 50 c.

BIOGRAPHIE DES CONTEMPORAINS, par Napoléon. Un vol. in-8. 1826. 6 fr.

BIOGRAPHIE DES QUARANTE DE L'ACADÉMIE FRANÇAISE. Deuxième édit. 1 vol. in-8. 1825. 6 fr.

BOITE (la) DE PANDORE, macédoine philosophique, anecdotique et morale. in-18, pap. fin. 2 fr.

CÉCILE, ou les Passions, par M. E. Jouy, de l'Académie française. 5 vol. in-12. 1827. 15 fr.

CHANTS DU SIÈCLE, par A. Ad. Nicolas. 1 vol. in-8. 5 fr.

COLLECTION DES MÉMOIRES SUR L'ART DRAMATIQUE, contenant des Mémoires de mademoiselle Clairon, mademoiselle Dumesnil, de Molière, de Bellamy, de Lekain, de Molé, de Préville, de Dazincourt, d'Iffland, de Goldoni, de Brandes, etc., publiés par MM. Andrieux, Barrière, Félix Bodin, Després, Evariste Dumoulin, Dussault, Etienne, Merle, Moreau, Picard, Talma et Léon Thiessé. 14 vol. in-8. 84 fr.

COMTESSE DE FARGY (la), par madame de Souza. 4 vol. in-12. . 12 fr.

DERNIER (le) CHANT DU PÉLERINAGE DE CHILDE-HAROLD, par Alphonse de Lamartine. Quatrième édition. in-18, grand-raisin, avec grav. 4 fr.
    — Le même ouvrage, in-8, troisième édit. 4 fr.

DICTIONNAIRE BIBLIOGRAPHIQUE, ou Nouveau Manuel du libraire et de l'amateur de livres, contenant l'indication et le prix de tous les livres, tant anciens que modernes, qui peuvent trouver leur place dans une bibliothèque choisie, etc.; précédé d'un Essai élémentaire sur la Bibliographie, par M. Pseaume, membre de plusieurs sociétés savantes. 2 vol. in-8, à deux colonnes. 16 fr.

DICTIONNAIRE GÉOGRAPHIQUE PORTATIF, contenant la description générale et particulière des cinq parties du monde connu; revu avec soin et précédé d'un Vocabulaire de mots génériques servant à expliquer le sens des mots géographiques les plus importans dans les principales langues; par M. Malte-Brun, auteur du Précis de Géographie universelle, etc.; augmenté de plus de 20,000 articles qui ne se trouvent dans aucune édition des Dictionnaires dits de Vosgien, par M. le docteur Fréville et M. Félix Lallement, et enrichi de neuf cartes, ouvrage entièrement neuf. 2 vol. in-16, imprimés en mignonne, à deux colonnes, sur papier vélin cavalier, broché. 5 fr.

DICTIONNAIRE HISTORIQUE, ou Biographie universelle, ouvrage entièrement neuf, par M. le général Beauvais et par une Société de gens de lettres, revu et augmenté, par M. Barbier et par M. Louis Barbier fils aîné. 38 fr. 12 volumes in-8; prix de la livraison : 6 fr.

DICTIONNAIRE UNIVERSEL DE GÉOGRAPHIE, PHYSIQUE, POLITIQUE, ETC., DES CINQ PARTIES DU MONDE, par Maccarthy. 18 fr

4 vol. in-8. Les deux premiers ont paru.

ÉLISABETH, par madame Cottin, nouvelle édition, un vol. in-18. 1 fr. 50 c.

FABLES, par A. V. Arnault, de l'Institut de France. 2 vol. in-18. 1827. 6 fr.

GUERRE DES VENDÉENS ET DES CHOUANS CONTRE LA RÉPUBLIQUE FRANÇAISE, ou Annales des départemens de l'Ouest pendant ces guerres, 4 vol. in-8. 28 fr.

GUIDE DU VOYAGEUR EN FRANCE, par Richard, 4ᵉ édit. 1 vol. in-12, orné d'une belle carte. 7 fr. 50 c.

HISTOIRE DES CAMPAGNES DE 1814 et 1815 en France, par le général Guillaume de Vaudoncourt, auteur de l'histoire des campagnes d'Annibal en Italie, celle des guerres de Russie en 1812, d'Allemagne en 1813, et d'Italie en 1813 et 1814, directeur du Journal des Siences militaires. 5 vol. in-8, orné de 4 plans. 35 fr.

HISTOIRE DE LA VIE ET DES OUVRAGES DE MOLIÈRE, par M. Taschereau, 1 vol. in-8., orné d'un portrait gravé d'après le dessin de Devéria, d'un cul-de-lampe par Thompson, et d'un *fac simile* de l'écriture de Molière et de sa femme. Prix du volume, papier superfin satiné avec portrait. 1826. 7 fr. 50. c.

HISTOIRE DES EXPÉDITIONS MARITIMES DES NORMANDS et de leur établissement en France au 7e siècle, par Depping: ouvrage qui, en 1822, a remporté le prix à l'Institut de France. 2 vol. in-8. 1826. 12 fr.

HISTOIRE DES RÉPUBLIQUES ITALIENNES DU MOYEN AGE, par M. Sismonde de Sismondi, nouv. édit., revue et corrigée. 16 vol. in-8°. 1825 — 1826. 112 fr

HISTOIRE DES RÉVOLUTIONS POLITIQUES ET LITTÉRAIRES DE L'EUROPE AU DIX-HUITIÈME SIÈCLE, par F.-G. Schlosser, professeur d'histoire à l'Université d'Heidelberg, traduit de l'allemand par W. Suckau. 2 vol. in-8. 13 fr.

INFLUENCE (de l') **ATTRIBUÉE AUX PHILOSOPHES, AUX FRANCS-MAÇONS ET AUX ILLUMINÉS SUR LA RÉVOLUTION DE LA FRANCE,** par Mounier, membre de l'assemblée constituante. 1 vol. in-8. 5 fr.

INTRODUCTION AUX MÉMOIRES SUR LA RÉVOLUTION FRANÇAISE, ou Tableau comparatif des mandats et pouvoirs donnés par les provinces à leurs députés, aux états-généraux de 1789, par F. Grille. 2 vol. in-8. 15 fr.

ISMALIE, ou l'amour et la mort, roman-poëme, par M. d'Arlincourt. 2 vol. in-8. 10 fr.

— Le même, 3e édit. 2 vol. in-12. 6 fr.

LOISIRS (les) **DE VILLENEUVE,** ou Voyage d'un habitant de Paris à l'est de la France, en Savoie et en Suisse; publié par J.-J. Lemoine. 1 vol. in-8, 1827. 7 fr.

MANUEL DIPLOMATIQUE, ou Précis des droits et des fonctions des agens diplomatiques, suivi d'un recueil d'actes et d'offices, pour servir de guide à ceux qui se destinent à la carrière diplomatique, par le baron Charles Martens. 1 vol. in-8. 9 fr.

MARIE DE BRABANT, poème en six chants, par M. Ancelot, 3ᵉ édition, in-8., grand-raisin, pap. fin, orné d'une belle gravure et de vignettes. 4 fr.

MÉMOIRES DE CONDORCET sur la révolution française, 2 vol. in-8. 12 fr.

MÉMOIRES sur la Convention et le Directoire, par A.-C. Thibaudeau, 2ᵉ édit. 2 vol. in-8. 12 fr.

MÉMOIRES sur le consulat, 1799 à 1804, faisant suite aux Mémoires de Thibaudeau. 1 vol. in-8. 1826. 7 fr.

ŒUVRES COMPLÈTES DE J.-J. ROUSSEAU, avec les notes de tous les commentateurs, nouvelle édition, ornée de 24 vignettes gravées par nos plus habiles artistes, d'après les dessins de Dévéria. 25 vol. in-8. 90 fr.

ŒUVRES DE J.-B. ROUSSEAU, nouvelle édition, avec un commentaire historique et littéraire, précédé d'un nouvel essai sur la vie et les écrits de l'auteur. 5 vol. in-8. 35 fr.

ŒUVRES COMPLÈTES DE CHAMPFORT, recueillies et publiées avec une notice historique sur la vie et les écrits de l'auteur, par P.-R. Auguis. 5 vol. in-8. 1826. 30 fr.

ŒUVRES COMPLÈTES DE MADAME LA BARONNE DE STAEL, publiées par son fils, précédées d'une notice sur le caractère et les écrits de madame de Staël, par madame Necker de Saussure. 17 vol. in-8. 112 fr.

— Le même, 17 vol. in-12. 51 fr.

ŒUVRES DE LA ROCHEFOUCAULD, contenant les mémoires, les maximes, avec les notes et variantes; et la correspondance. 1 vol. in-8., orné d'un portrait, papier superfin satiné. 7 fr. 50 c.

ONCLE (l') ET LA NIÈCE, in-12. 3 fr.

PROTESTANTE (la), ou les Cévennes au commencement du dix-huitième siècle (roman). 3 vol. in-12.   9 fr.

SAINTE-PÉRINE, ou Souvenirs contemporains, par M. Valory. in-12. 1826,   3 fr.

SÉDIM, ou **LES NÈGRES**, poème en trois chants, par M. Viennet. Deuxième édition, in-8., papier satiné. 1826. Prix :   3 fr.

SOUVENIRS ET MÉLANGES LITTÉRAIRES, politiques et biographiques, par L. de Rochefort. 2 vol. in-8. 1826. Prix :   14 fr.

TABLEAU HISTORIQUE, GÉOGRAPHIQUE, ETHNOGRA-PHIQUE ET POLITIQUE du Caucase et des provinces limitrophes entre la Russie et la Perse, par M. Klaproth. 1 vol. in-8.   4 fr.

SYLLA, tragédie de M. Jouy, 6ᵉ édition, avec portrait. in-8.   4 fr.

TABLEAUX HISTORIQUES DE L'ASIE, depuis la monarchie de Cyrus jusqu'à nos jours, par J. Klaproth. 1 vol. in-4. avec un atlas de 29 cartes in-fol., cart.   50 fr.

TABLEAUX DE LA NATURE, ou Considérations sur les déserts, sur la physionomie des végétaux, etc., par N.-N. Humboldt, trad. de l'allemand par M. Eyriès. 2 vol. in-8. Prix :   12 fr.

TIBÈRE, tragédie de M. J. Chénier, avec une analyse de cette pièce par M. Népomucène Lemercier. In-8. 2 fr. 50 c.

VUE GÉNÉRALE DE L'HISTOIRE DU GENRE HUMAIN, par J. de Muller. 2 vol. in-8. 1827.   12 fr.

IMPRIMERIE DE A. BARBIER, RUE DES MARAIS S.-G., N° 17.

www.ingramcontent.com/pod-product-compliance
Lightning Source LLC
Chambersburg PA
CBHW060808250626
47162CB00005B/1711